VORWORT DER AUTORIN

Meine Konfession ist oder war evangelisch. Ich wurde getauft und konfirmiert. Geprägt durch die Erfahrungen meiner Kindheit und Jugend mit der Institution Evangelische Kirche kann ich dem sicher heute nicht entgehen wenn ich meine Anschauung über Glauben definiere. Ich habe mich nie intensiv mit den einzelnen Religionen befasst, und ich lehne es ab, in eine bestimmte Schublade gesteckt zu werden. Außer es gibt die Schublade, die folgendes in sich trägt:

Glaube, Liebe, Hoffnung, Selbstbestimmung, Achtung des Selbst und des Anderen, Akzeptanz und Stehen lassen können bei Ablehnung einer Meinung, Nächstenliebe, keine Drohungen bei Nichtbeachtung oder Versagen - sondern Verständnis und eine immerwährende Chance - es besser zu machen, die Freiheit, seinen Geist soweit zu entwickeln wie Mensch es vermag.

Ich verwende in diesem Buch den Namen Gott - weil ich diesen so kennen gelernt habe.

Doch möchte ich anmerken, dass Gott für mich ein Begriff ist, der alles umfasst. Ich könnte auch Herr oder Frau Universum sagen oder Mama oder Peter oder Paul.... Es ist der Inbegriff dessen, was jeder für sich in seinem Herzen und seiner Seele dafür verwendet. Ich sehe ihn/sie/es als der/den Ursprung unseres Erlebens.

Und ich weiß er/sie/es wird nicht richten, sondern jeder richtet sich selbst. Denn er/sie/es ist ein
Teil von uns - so wie wir, jeder für sich, ein Teil
sind von ihm/ihr/es.
Und das lässt die Freiheit - frei - werden.

Das Buch - Johann - ist eine fiktive Geschichte. Alle
beschriebenen Personen und Inhalte sind frei er-
funden.

Diana Mandel

www.tredition.de

Buch

Johann ist alt und stirbt. Er kommt an in einer Zwischenwelt und trifft Jeremiah.

Jeremiah begleitet ihn auf seinem Weg, Johanns Lebenszeit anzusehen, seine gemachten Erfahrungen zu begreifen und zu verstehen. Sein eigener Missbrauch in seiner Kindheit, seine innere Entscheidung, es abzuspalten und sich auf die andere Seite der Täter zu stellen, und das ihm Geschehene fortzuführen, zeitlebens.

Missbrauch, ob körperlich, sexuell oder psychisch - es geschah früher, es geschieht heute.

Der Roman - Johann - erzählt wie Missbrauch geschehen kann und was es für Folgen für alle Beteiligten haben kann. Johann kommt, nachdem er zeitlebens ohne spürbare Gefühle gelebt hat, nach seinem Tod in eine Zwischenwelt. Dort wird er begleitet auf seinem Weg des Verstehens. Er begreift die Zusammenhänge der Seelenentwicklung und findet die Vergebung. Für sich und für Andere.

Es ist "nur" eine Geschichte, doch kann dieser Weg eine Möglichkeit sein, "Geschehenes" anzunehmen.

Für alle die
- ihren Weg gegangen sind -
Für alle die
- ihren Weg gehen -
und für meinen Sohn...
denn die Liebe endet niemals

Diana Mandel

Johann

Ein Buch über das Sterben, das Leben und die Vergebung

Roman

www.tredition.de

© 2014 Diana Mandel
Umschlag, Illustration: Diana Mandel
Lektorat, Korrektorat: M. Fuchsgruber

Verlag: tredition GmbH, Hamburg

ISBN
Paperback   978-3-7323-2579-5
Hardcover   978-3-7323-2580-1
e-Book   978-3-7323-2581-8

Printed in Germany

Johann beginnt

»Wer bist Du«?

»Ich bin hier um bei Dir zu sein«.

»Wo bin ich«?

»Schau Dich um, dann kannst Du es fühlen«.

Johann schaute um sich. Er stand auf einem schmalen Weg. Gras. Überall um ihn herum war Gras. Soweit er sehen konnte war es grün. Eine riesengroße Wiese - scheinbar endlos groß - war um ihn herum. Und mittendrin stand er auf diesem kleinen Weg der sich wie eine Schlange durch diese Wiese durch zog. Er drehte sich um sich selbst. Ob nach vorne oder hinter ihm - überall das gleiche Bild. Endlos schien das Grün dieser Wiese. Es ging ein lauer Wind. Es war angenehm warm. Wie an einem schönen Frühsommertag. Leise war es.

Er schaute den Mann an, der etwas abseits von ihm in der Wiese stand.

»Ich verstehe nicht. Was mache ich hier auf dieser Wiese? Ich weiß nicht was ich tun soll«

»Suche Dir eine Richtung aus auf dem Weg und gehe ihn. Ich werde Dich begleiten«.

Johann stellte sich ein Stück weg vom Weg auf die Wiese. Er schaute nach links den Weg entlang,

dann nach rechts den Weg entlang. Beide Richtungen erschienen ihm gleich. Wo sollte er lang laufen? Wo würde er hinkommen? Warum sollte er das tun? Was sollte das alles überhaupt? Er war verwirrt. Und er spürte Unbehagen in sich. Es war fremd – das, was er sah - obwohl es nur eine Wiese war, dieser Weg, der sich vor ihm in beide Richtungen öffnete .... Was sollte er denn jetzt nur tun? Er schaute den Mann, der da bei ihm war, genauer an: Groß, schlank, im reifen Alter, ein offenes Gesicht umrahmt von halblangen lockigen Haaren. Braune, gütige Augen.

»Ich soll jetzt also in irgendeine Richtung laufen und Sie begleiten mich«?

»Ja, das werde ich«.

»Und wenn ich nicht auf dem Weg laufen möchte, sondern querfeldein«?

»Dann gehen wir querfeldein. So wie Du es möchtest«.

Johann überlegte. Das Ganze war komisch. Die Ruhe die hier vorherrschte, das große endlose Land um ihn herum, er spürte das war ein Moment den er so noch nie erlebt hatte. Ich muss mich in einem Traum befinden, dachte er. Er begann loszulaufen. Aber nicht querfeldein, sondern er folgte dem Weg nach rechts. Der Mann lief neben ihm. Nach einer Weile sah Johann für einen kurzen

Moment ein Bild vor seinen Augen. Er sah ein Bett und in diesem Bett lag er. Das Bett stand in einem kleinen weißen Raum, der von einer kleinen Lampe die neben dem Bett stand erhellt wurde.

Er sah sich selbst abgemagert, mit schmerzverzerrtem Gesicht und schlafend da liegen. Ein Bild hing mit Reisnägeln an der Wand gegenüber von diesem Bett. Es war ein Bild von einem Kind gemalt, eine große Wiese mit einem kleinen Weg der sich wie eine Schlange durch diese unendliche Landschaft zog. Am violetten Himmel sah man einige kleine grüne Wolken und groß war da eine blaue Sonne gemalt. Johann ... erinnerte sich. Wie konnte es sein, dass er jetzt hier auf dieser Wiese stand wo er doch noch eben in diesem Bett lag. Er wusste um die Schmerzen die ihn furchtbar gequält hatten. Er wusste um die Sehnsucht dass es endlich aufhören sollte. Er erinnerte sich an das Urteil der Ärzte, er werde jetzt sterben. Und er erinnerte sich, dass er nicht wusste ... wie das gehen sollte. Wie sollte er das tun - sterben? Wie macht man das denn?

Johanns Leben

Er hatte sein ganzes Leben kontrolliert gelebt. Aufgewachsen in einer Familie in welcher der Vater bestimmt hat – Alles. Es gab kein freies Entscheiden - es wurde entschieden. Der Vater entschied für die Familie. Und Johann hatte in seiner Kindheit nie die Wahl es selbst zu tun. Er lernte schnell zu verstehen, dass man nicht dagegen redet. Denn es tat weh - wenn man das tat. Der Vater sorgte immer dafür, dass alle das taten was er wünschte. So gab Johann, als ein jüngerer Bruder geboren wurde, sein Erleben mit dem Vater in gleicher Weise an den kleinen Bruder weiter. Machte der Bruder nicht was Johann wollte, zeigte ihm Johann wie es ging … sich an Regeln zu halten. Als er größer wurde setzte sich das fort. Es wurden insgesamt noch 4 Kinder geboren, 3 Jungs und 1 Mädchen. Sie alle lernten durch den Vater und durch Johann den Erstgeborenen was es bedeutete dagegen zu sprechen – alle machten die gleichen Erfahrungen. Das Mädchen hatte eine besondere Rolle innerhalb der Familie. Es wurde, zudem dass es Züchtigungen erfuhr, noch in besonderer Weise vom Vater bedacht, wenn ihm danach war. Manchmal wünschte dieser sich dass sie auf seinem Schoß sitzen sollte und er streichelte sie

dann. Und manchmal machte er das als alle zusammen saßen um den Fernsehgottesdienst zu sehen.

Die Mutter, welche anfangs noch versucht hatte ihren Mann von der körperlichen Züchtigung der Kinder abzuhalten, da schon die Nachbarschaft zu reden begann, hörte auf etwas dagegen zu tun, als sie mehrfach von ihrem Mann derart hergenommen wurde dass sie tagelang nicht in der Lage war, auf die Straße zu gehen. Sie selbst war mit einem Vater groß geworden der das Leben der Familie festlegte und bestimmte wie der Ablauf zu erfolgen hatte. So kam es, dass auch sie das Handeln des Vaters der Tochter gegenüber tolerierte, da sie es ja nicht anders kannte. Als Johann zum Militär ging entschied er sich nach der Grundwehrzeit zu verlängern und ein Ingenieurstudium bei der Bundeswehr zu absolvieren. Sonntags ging er, so wie es der Vater wünschte, regelmäßig nach Hause zum Mittagskaffee. Auch als er seine spätere Frau kennenlernte unterbrach er das nicht. Etwa nach 4 Monaten stellte er sie dem Vater und der Mutter vor. Die Eltern reagierten verhalten auf diese Dame, die ihr Sohn an ihren Tisch gebracht hatte. Denn diese Frau hatte studiert und war belesen. Sie arbeitete an ihrer Doktorarbeit in Chemie. Ob sie die Richtige wäre für Johann, das zweifelten

sie lange Zeit an. Johann jedoch war verliebt. In irgendeiner Form regten sich Gefühle in seinem Bauch und er konnte von dieser Frau nicht Abstand nehmen – obwohl ihm von Anfang an der Argwohn des Vaters bewusst war. Doch da Johann selbst nun erwachsen war, entschloss er sich diese Frau zu heiraten. Denn er wünschte sich ebenso wie sein Vater eine große Familie.

Erna

Als er Erna, so hieß diese Frau, fragte ob sie ihn heiraten möchte war sie sehr glücklich. Johann war bis dahin immer höflich und korrekt mit ihr umgegangen und sie mochte ihn aufrichtig. Er war groß und stark, er würde ein guter Beschützer sein für sie und die zukünftigen Kinder. So kam es dass die beiden heirateten. So wie es der Vater von Johann vorschlug wurde die Hochzeit in der Dorfkirche abgehalten. Die Anverwandten von Erna hatten dadurch eine Anfahrt von gut 4 Stunden. Aber es war einfach schöner wenn diese Vermählung in trauter Umgebung stattfand, entschied der Vater. Und so kam es, dass Johann auch das akzeptierte.

Nach der Hochzeit bezogen Johann und Erna zunächst eine Wohnung. Johann hatte sein Ingenieurstudium beendet und war langzeitverpflichtet im Dienst der Bundeswehr tätig. Erna vollendete ihre Doktorarbeit und, wie es oft so kommt, noch bevor sie das erste Vorstellungsgespräch hatte, war sie schwanger. Johann empfahl ihr das doch zu lassen mit arbeiten, er verdiene doch genug. Und so hörte sie auf sich um Bewerbungen zu kümmern, bzw. nahm die bereits feststehenden Termine von verschiedenen Firmen – die alle sehr positiv auf ihre Bewerbung reagiert hatten – gar nicht erst wahr.

Sie genoss ihre Schwangerschaft und freute sich auf das Entstehen der neuen Familie. Johann war meist nett zu ihr. Sexuell war er zwar etwas gehemmt und nicht sehr geübt, doch war das für sie auch nicht das Wichtigste. Dann wenn er Bedürfnisse hatte war es für sie in Ordnung ihn zu befriedigen. An einem Tag im Dezember wurde dann der erste Sohn geboren.

Die Geburt war sehr schwierig und die Ärzte rieten Erna evtl. auf eine weitere Schwangerschaft zu verzichten. Nur schwer erholte sie sich von den Folgen. Sie musste aufgeschnitten werden am Scheidenausgang und es war wie verhext. Die Wunde wollte partout nicht heilen. Immer wieder versuchte sie mit verschiedensten Mitteln das Ganze auf ein erträgliches Maß an Schmerzen zu reduzieren. Ihr Arzt verschrieb ihr immer stärkere Medikamente, unter anderem auch Schlafmittel, dass sie wenigstens für Stunden Erholung erfahren konnte. Die hohe Dosierung der Medikamente wiederum führte dazu, dass sie nur schwer das Kind versorgen konnte. So verbrachte das Baby viel Zeit in seinem Bett und weinte. Und Erna schlief totengleich daneben.

Johann freute sich wenn er nach Hause kam und seine Frau mit dem Baby erlebte. Er war stolz. Ja, er hatte ein gesundes Kind und eine studierte Frau.

Irgendwann nach einigen Monaten meldete sich sein Trieb nach körperlicher Zuneigung. Er suchte eines Nachts die Nähe zu Erna und begann sie zu küssen. Schnell wurde Erna bewusst, dass Johann nun sexuellen Kontakt wünschte. Sie hatte immer noch große Schmerzen, denn der Dammschnitt war noch immer nicht verheilt. So sagte sie ihm, dass es noch nicht der richtige Zeitpunkt wäre. Doch Johann ging nicht darauf ein. Er küsste sie weiter und holte sich das was er brauchte. Erna versuchte ihn zu stoppen. Doch war er ihr körperlich weit überlegen. So ertrug sie erschrocken den Akt der Vereinigung und weinte. Denn es tat sehr weh.

Am nächsten Tag, nachdem Johann zur Arbeit gegangen war, nahm sie das Kind und besuchte ihre Schwiegermutter. Sie erzählte ihr von dem vehementen Verhalten Johanns.

Die Schwiegermutter zeigte kaum eine Regung und teilte Erna mit dass sie zu folgen hatte wenn Johann etwas wünschte. Das Männer sich das nahmen was sie wollten war immer so gewesen und würde immer so sein. In Ernas Kopf erschien das erste Mal ein Fragezeichen. Wieder zuhause versuchte sie mit Sitzbädern ihre Wunde zu beruhigen. So ging die Zeit dahin. Johann arbeitete und Erna versorgte das Kind – und ihre nicht verheilende Wunde.

Durch den sexuellen Kontakt war diese wieder ein Stück weiter aufgerissen. Nach einigen Tagen musste sie erneut zum Arzt um sich noch stärkere Mittel zu holen. Sie verbrachte viel Zeit damit zu schlafen.

Das Kind entwickelte sich ihrer Meinung nach ganz gut. Und endlich zeigten auch die Medikamente eine Wirkung. Die Entzündung ging zurück. Nach einiger Zeit konnte sie so einiges an Medikamenten weglassen, nur an die Schlaftabletten hatte sie sich gewöhnt. Und so entschied sie, diese weiter zu nehmen. Als sie das nächste Mal mit Johann sexuellen Kontakt hatte, wurde sie wieder schwanger. Und so kam es dass das nächste Kind geboren wurde. Wobei auch hier die Geburt sehr schwierig war. Und wieder die Ärzte von einer erneuten Schwangerschaft dringend abrieten. Obwohl Erna die ganze Zeit über Schlafmittel nahm hatte es sich nicht auf das Kind ausgewirkt. Es war gesund. Nach ca. 6 Monaten zogen sie um in ein neues Haus. Das hatte Johann gekauft nachdem er Sonderprovisionen seines Arbeitgebers erhielt. Nun hatten sie einen Garten und genügend Platz, genügend Kinderzimmer. Erna zog die Kinder auf, Johann ging seiner Tätigkeit nach. Am Abend freute er sich seine Sprösslinge zu sehen.

Der Sohn entwickelte sich zunehmend gut. Er war zwar sehr aufmüpfig und laut, doch wusste Johann das würde sich legen wenn er ihm zeigte wie man sich zu benehmen hatte. Das zweite Kind, ein Mädchen, schrie zwar sehr viel doch das störte ihn nicht weiter. Denn meistens war er ja auf Arbeit und Erna konnte das schon aushalten.

Am folgenden Weihnachten, als Johann mit seiner Familie zu Besuch bei den Eltern war, zeigte sich der Sohn von seiner aggressiven Seite. Er stieß die Weinflasche vom Tisch und ärgerte ununterbrochen die Katze der Großmutter. Johann ermahnte ihn wiederholt. Doch der Junge war nicht zu bändigen. Johann holte aus und gab dem Jungen eine Ohrfeige. Sofort verstummte das Kind.

Erna schaute sich in der Runde um. Keiner der Erwachsenen machte den Eindruck dass hier nun etwas geschehen war was unrecht ist. Johann unterhielt sich weiter mit seinen Eltern. Der Junge kauerte in einer Ecke am Fußboden und hielt sich die Hände vors Gesicht. Erna wollte aufstehen und zu ihm gehen. Sie erhob sich vom Sofa, da sagte Johann ihr sie solle sich wieder setzen.

Er hat das geregelt und jetzt ist Ruhe. Sein Ton war dabei scharf und duldete keinen Widerspruch. Erna setzte sich wieder hin. Das kleine Mädchen saß auf dem Schoß des Großvaters. Und er streichelte sie.

Da klingelte das Telefon. Die Großmutter hob den Hörer ab. Es war die Polizei. Sie sagten sie hätten eine Leiche aus dem Fluss geborgen. Und den Personalien nach sei das wohl die Tochter der Familie. Die Großeltern wurden gebeten zur Identifizierung ins Polizeiquartier zu kommen. Als die Großmutter den Hörer auflegte herrschte Schweigen. Emilia, die Schwester von Johann, war mit 18 Jahren von zu Hause weggelaufen. Sie wurde nie gefunden. Bis heute.

Und jetzt war sie tot. Es waren viele Jahre vergangen, doch niemals konnte die Familie Kontakt zu ihr aufnehmen. Sie war damals wie vom Erdboden verschwunden. Erna war schockiert über das Verhalten von Johann und seinen Eltern. Sie zeigten alle kaum eine Reaktion auf diese Nachricht. Johann stand auf und sagte sie werden jetzt nach Hause gehen.

Später wurden einige Details zum Tod von Emilia bekannt gegeben. Die Obduktion ergab, dass sie an einer Überdosis Drogen gestorben war. Und irgendwie muss sie in den Fluss gelangt sein und dort viele Kilometer flussabwärts getrieben sein, bis sie nahe der Stadt dann angespült wurde. Was sie die ganzen Jahre gemacht hatte würde wohl immer im Dunkel liegen.

Die Zeit verging, Johann und Erna bekamen noch 2 Kinder. 2 Jungs .

Im Laufe der Zeit wiederholte sich das, was Johann schon in seiner Kindheit erlebt hatte. Johann zeigte seinen Kindern und Erna – den rechten Weg – und sein Erstgeborener gab es an seine Geschwister weiter.

Erna nahm noch immer Schlaftabletten. Zudem hatte sie angefangen zu trinken. Ein Gläschen Wein oder einen kleinen Cognac, es beruhigte sie. Das Mädchen saß genau wie Emilia bei ihrem Vater, aber auch bei Ihrem Großvater auf dem Schoss und wurde manchmal gestreichelt. Und wenn Erna etwas dagegen tun wollte, zeigte Johann ihr, dass sein Weg der richtige ist. Und Erna schwieg. Zu müde und zu traurig war sie um etwas dagegen zu tun.

Als das Mädchen ca. 10 Jahre war, sie hieß Frieda, ging Johann eines Nachts in ihr Zimmer und legte sich zu ihr ins Bett. Sie wachte auf und erschrak. Was wollte der Vater bei ihr im Bett. Johann streichelte sie. Dann bat er sie, dass sie ihn streicheln sollte. Frieda machte was der Vater wollte. Nach einer Zeit ging Johann wieder zurück in sein Schlafzimmer.

Erna hatte gehört wie Johann das Zimmer verließ und sie wusste genau was er jetzt tat. Sie spürte es. Doch war sie innerlich einfach zu müde – um etwas dagegen zu tun. Es folgten viele Nächte wie diese.

Als Frieda 15 Jahre alt war kam sie nachmittags nicht von der Schule nach Hause. Es wurde Abend und Erna machte sich Sorgen. Johann und sie suchten die Umgebung ab, telefonierten mit den wenigen Freundinnen der Tochter. Niemand wusste etwas.

Am nächsten Morgen kam der Anruf der Polizei. Frieda war gefunden worden. Spaziergänger hatten sie im Wald entdeckt. Sie hing an einem Baum. Und sie war tot. Sie hatte sich selbst erhängt. Erna brach nach diesem Vorfall vollkommen zusammen. Sie konnte nicht mehr funktionieren. Sie erkannte was das Verhalten von Johann und seinem Vater bei ihrer Tochter angerichtet hatte. Sie wählte den Weg des Aufgebens und weigerte sich fortan das Bett zu verlassen. Schlaftabletten und andere Psychopharmaka, gemischt mit Wein, ließen Erna schlafen. Sie wollte nur noch schlafen. Johann entschied irgendwann Erna in eine Klinik einzuweisen. Er hat sie nie wieder gesehen.

Johanns Leben II

Die Söhne lebten weiter bei ihm und die Großeltern kümmerten sich um den täglichen Ablauf in
der Familie.

Johann war nach wie vor tätig für die Bundeswehr. Er hatte Karriere gemacht und hatte eine
gute Position. Der erstgeborene Sohn, er hieß Peter, eiferte sehr seinem Vater nach. Er liebte es der
Chef zu sein. Egal ob in der Schule oder in seinem
Freundeskreis. Er sorgte dafür, dass jeder seine
Position in der Gruppe verstand und auch respek-
tierte. Er machte eine große Karriere als er sich
entschied auch seinem Land zu dienen. Er zeigte
ein ausgeprägtes Maß an Selbstbeherrschung und
doch auch Durchsetzungsvermögen, so dass er
alles was er sich vorstellte, erreichte.

Irgendwann waren die Söhne dann aus dem
Haus. Jeder für sich hatte seinen Weg gefunden.
Klaus, der Sohn der nach Frieda geboren war, hatte in einer anderen Stadt einen heruntergekomme-
nen Gemischtwarenladen übernommen und innerhalb einiger Jahre entwickelte sich dieses Ge-
schäft zu einem gut gehenden Laden, der regionale
Produkte verkaufte.

Hier lernte er seine spätere Frau Mathilda kennen, die als Kundin gerne bei ihm einkaufte. Mathilda war ein Freigeist. Sie sprühte vor Lebensenergie und ermöglichte Klaus seine Hemmungen und Schwächen, die er in seiner Kindheit erfahren hatte, gut zu kompensieren. Sie bekamen ein Kind, einen Jungen namens Simon.

Johann hatte wenig Kontakt mit Klaus und seiner Familie. Zu fremd war ihm Mathilda in ihrer Art. Jedoch wusste er, Klaus wird seinen Weg schon gehen.

Nur ein Sohn, der letztgeborene, er hieß Thomas, wurde seinem Vater nicht gerecht. Er rebellierte immer und immer wieder schon von Kindheit an gegen die Erziehungsmethoden innerhalb der Familie. Es kam, dass Thomas sich früh von der Familie entfernte und gesellschaftlich weit nach unten rutschte. Er brach mehrere Ausbildungen ab und endete als Gelegenheitsarbeiter. Schon früh war der Alkohol sein bester Freund.

Er lebte viele Jahre am Rande der Existenz und trug keinerlei Hoffnung in sich. Als er eines Tages in der Innenstadt auf einer Bank saß, mitten im Vorweihnachtsgewühl, vor sich ein Sixpack Bier und er trank Flasche für Flasche, da setzte sich ein Mann zu ihm und verwickelte ihn in ein Gespräch.

Lange unterhielten sich die beiden und irgendwann standen beide auf. Thomas verließ mit diesem Mann die Stadt. Er folgte ihm nach Süden. In einem Kloster weit unten in Spanien fand Thomas ein neues Leben und er lernte Begriffe wie Vergebung, Liebe, Glauben – kennen und verstehen. Er wurde der Gärtner des Klosters und er schenkte vielen Barmherzigkeit.

Johann merkte kaum was um ihn geschah. Er machte seine tägliche Arbeit und verbrachte seine freie Zeit mit den Eltern.

Die waren beide mittlerweile krank und gebrechlich. Und irgendwann starb erst die Mutter – sie lag eines Tages tot im Badezimmer. Und kurze Zeit später erkrankte der Vater schwer, Darmkrebs im Endstadium. Es ging schnell. Nach nur wenigen Wochen musste Johann auch seinen Vater beerdigen. So kam es dass Johann viel Zeit alleine verbrachte. Seine Pensionierung hatte er hinter sich und die Zeit die er nun hatte, verbrachte er manchmal auf einer Bank am See im Stadtpark. Er saß dann da und schaute aufs Wasser. Es verwunderte ihn, wie die Menschen um ihn herum mit dem Leben umgingen. Er sah viele, die lachten und Spaß hatten, die ihre Kinder toben ließen und ausgelassen miteinander kommunizierten. So kannte er das Leben nicht.

Am Abend saß er vor dem Fernseher und verfolgte die Geschehnisse auf der Welt. Doch mehr als Verwunderung konnte er nicht empfinden. Egal wie schlimm die Nachrichten auch waren. Irgendwann bei einer Routinekontrolle stellte der Arzt die Diagnose Darmkrebs. Genau wie bei seinem Vater.

Johann nahm es gefasst auf. Er wusste, es könnte nun schnell zu Ende gehen. Er ordnete zuhause seine Angelegenheiten und unterrichtete seinen Sohn Peter.

Er besuchte noch einmal Peter und seine Familie zuhause und verabschiedete sich von seinen Enkeln. Dann ging er ins Krankenhaus zur Untersuchung. Es war keine Operation mehr möglich. Der Tumor war zu groß und Metastasen hatten sich gebildet. Einige Wochen noch verbrachte Johann in seinem Haus. Als es mit den Schmerzen immer schlimmer wurde entschied er sich in ein Hospiz zu gehen und dort zu bleiben. Er hatte Peter Vollmacht erteilt sein Haus zu verkaufen.

Er bezog ein Einzelzimmer und wartete darauf dass es zu Ende geht. Die Ärzte und Schwestern kümmerten sich gut. Sie versuchten alles um sein Leiden zu lindern. Johann nahm es an und wunderte sich – so wie eigentlich immer in seinem Leben - wenn ihm Menschlichkeit begegnete.

Als die Schmerzen zunahmen begannen die Ärzte ihm Morphium in hohen Dosen zu verabreichen. Er verbrachte viel Zeit des Tages im Dämmerzustand. Unaufhörlich schritt der kommende Tod voran. Er hatte schon die letzten Monate sehr viel an Gewicht verloren, doch jetzt kam der Moment wo er nicht mehr essen wollte. Alles erschien ihm in unerträglicher Weise mühsam. Er lag in diesem Bett und wartete.

Irgendwann in dieser Zeit bekam er Besuch von Klaus und seinem Enkel Simon.

Peter hatte mit Klaus Kontakt aufgenommen und ihm mitgeteilt, dass es mit Johann zu Ende gehe. Mathilda bestand darauf dass Klaus mit Simon den Großvater besuchen sollte.

Das Bild

Simon hatte Johann ein Bild gemalt: Eine große Wiese mit einem kleinen Weg, der sich wie eine Schlange durch diese unendliche Landschaft zog. Am violetten Himmel sah man einige kleine grüne Wolken und groß war da eine blaue Sonne gemalt.

Johann schaute das Bild an und fragte das Kind, warum die Sonne blau ist. Simon druckste etwas herum, dann sagte er, dass er dem Opa wünsche dass viel Kraft ihn begleitet wenn er dann in den Himmel geht. Seine Mama hätte ihm gesagt, dass Blau die Kraftfarbe ist und deshalb sei die Sonne blau. Klaus hängte das Bild mit Reisnägeln an die Wand, so dass Johann es gut sehen konnte vom Bett aus.

Die nächsten Tage gingen dahin und Stück für Stück Johann. Eines Abends kam der Arzt zu ihm und sagte, dass der Tod nun bald kommen werde. Wieder war Johann verwundert. Wie sollte der Tod kommen? Was musste er denn jetzt tun? Er lag doch nur im Bett und war unfähig irgendetwas auch nur zu versuchen.

Er verstand in seinem Herzen nichts. Es war ihm ein großes Rätsel.

An diesem Abend schloss Johann das letzte Mal seine Augen. Er starb in dieser Nacht.

»Bin ich tot«?, fragte Johann den Mann, der neben ihm lief«.

»Was glaubst Du«?, fragte der Mann zurück«.

»Ich weiß nicht«, sagte Johann. »Vielleicht. Vielleicht bin ich tot«.

Wieder ließ er den Blick über diese unendliche Landschaft vor ihm gleiten.

»Ich wusste nicht wie das geht - sterben -«.

Johann blieb stehen.

» Ich verstehe nicht, was da passiert ist«.

Der Mann blieb ebenfalls stehen und sagte:

»Wollen wir uns eine Weile hinsetzen«?

Johann schaute den Mann an. Neben ihm standen plötzlich 2 Stühle.

»Ja. Das wäre, glaub ich, gut«.

Beide setzten sich. Der Mann schaute Johann an:

»Ich heiße übrigens Jeremiah. Ich verstehe, dass Du das alles nicht verstehst. Deshalb bin ich auch bei Dir. Um Dir zu helfen. Der Moment Deines Weggehens von der Erde war nicht leicht für Dich. Denn Du wusstest nicht was auf Dich zu kommt noch wie Du Dich verhalten solltest. Ich weiß, dass in Dir große dunkle Seen zuhause waren in Deiner Zeit auf der Erde«.

Johann erschrak etwas. Wie kam es das Jeremiah das sehen konnte. Dass er wusste von seinen Dunkelheiten. Niemals hatte er auch nur den Hauch davon nach außen getragen. Es war vor Unendlichkeiten als er beschlossen hatte diese Türen für immer zu verschließen und nie mehr an den Ort des Beginns ... zurückzukehren.

Alles was er war in seiner Lebenszeit war bestimmt von seiner Entscheidung, die er irgendwann getroffen hatte. Jeremiah fing an zu erzählen. Er beschrieb Johann im Detail viele Begebenheiten aus seinem Leben. Er erzählte von den Anfängen seiner Kindheit wo Johann sich übte im Baumklettern, wie er zunächst vorsichtig und vielleicht auch ängstlich nach oben stieg und er aber, nachdem er merkte, dass er es schaffen würde, mutiger und schneller seinen Weg bis in die Baumkrone erreichte. Er erzählte von Johanns Selbstversuchen sich das Schwimmen beizubringen. Und wie Johann nicht aufgab – bis er es eines Tages erreichte den See zu durchqueren. Auch erzählte er von dem ersten Moment als Johann von seinem Vater gerügt wurde. Und von dem Moment als Johann das erste Mal geschlagen wurde. Er erzählte von dem Moment als Johanns Schwester in gemeinsamer Runde vom Vater gestreichelt wurde und auch von den Momenten, als Johann

seine Geschwister genauso schlug, wie es der Vater tat. Jeremiah erzählte ihm von allen Personen in seinem Leben. Von seiner Frau, seinen Kindern, und zuletzt von seinem Enkel Simon.

Er fragte Johann: »Wie hast Du Dich mit Simon verstanden? Er hat Dir ein schönes Bild gemalt. Findest Du nicht«?

Johann war etwas verwirrt. Simon. Ja. Das war ein seltsamer Junge. Er hatte ihn ja nicht so oft gesehen, da er die Frau von Klaus nicht sehr mochte. Sie war so anders als alle andern in seiner Familie. Sehr selbstbestimmt – ja so würde er sie beschreiben. Und das Kind schien auch anders zu sein als sonst die Kinder in seiner Familie.

Er schaute Jeremiah an: »Naja, ich weiß nicht, ich kannte ihn nicht so gut«.

Johann stand auf. »Können wir weitergehen«?

»Sicher«. Sagte Jeremiah. »Gehen wir weiter«.

Immer größer und weiter erschien Johann die Landschaft durch die sie sich bewegten. Jeremiah breitete die Arme aus und drehte sich um sich selbst.

»Kannst Du die Weite und Klarheit spüren die in dieser Luft hier liegt? Spürst Du die wärmenden Strahlen der Sonne«?

Johann schaute um sich.

»Nun ja. Ich sehe die Sonne scheint. Und ja, ich spüre dass die Luft klar ist. Nur was ist das besondere daran«?

Jeremiah ging weiter.

»Versuche einmal beim Gehen Dich nur auf die Luft und Deinen Atem zu konzentrieren. Versuche Deinem Atem zu folgen wenn Du einatmest. Folge ihm in Gedanken wo er in Deinem Körper hingeht. Und versuche ihn soweit es geht nach unten in Deinen Bauch zu schicken. Je weiter desto besser. Und wenn Du ausatmest versuche ihn von ganz unten nach oben zu holen«.

Johann dachte darüber nach was Jeremiah gesagt hatte. Er wusste zwar nicht warum er das jetzt tun sollte, aber er konzentrierte sich wie von Jeremiah gewünscht auf seinen Atem und folgte ihm. Er spürte schnell, dass der Weg nach unten in den Bauch recht beschwerlich war. Er kam höchstens bis in die Höhe seines Magen. Wieder konzentrierte er sich beim Einatmen. Und auch beim Ausatmen. So gingen sie eine Weile weiter.

Johann übte zu atmen. Konzentriert atmete er ein und langsam näherte er sich innerlich der Höhe des Darms ... und der Nieren. Auch das Ausatmen wurde kräftiger und länger. Ein neues Gefühl begann sich in ihm zu verbreiten. Sein Körper erschien ihm – breiter – und größer. Es war

eine angenehme Erfahrung. Immer tiefer spürte er seinen Atem wie er in seinem Körper nach unten wanderte und im Gegenzug von unten nach oben aus ihm herausströmte.

»Wie fühlst Du Dich jetzt«? fragte ihn Jeremiah.

»Es ist anders«. Sagte Johann. »Ich weiß nicht, aber irgendwie komme ich mir größer und breiter vor. Und ich spüre so etwas wie Ruhe in mir«.

»Das ist gut«. Sagte Jeremiah. »Versuche dabei zu bleiben. Konzentriere Dich auf Dein Ein und Ausatmen«.

Nach wie vor wanderten die beiden durch diese Landschaft. Es schien als würde es an diesem Ort keine Zeit geben. Johann spürte erstmals den leichten Wind auf seiner Haut. Durch das konzentrierte Atmen begann er fast automatisch Dinge wahrzunehmen die er vorher nicht bemerkt hatte. Er hörte leises Wasserrauschen und immer wieder den Laut eines Vogels. Er hörte die Bewegungen, die Jeremiahs und seine Schritte auf dem Gras machten.

»Ist jetzt etwas anders hier oder warum kann ich plötzlich Wasser und Vögel hören«? Johann schaute Jeremiah an.

»Diese Geräusche sind die ganze Zeit da gewesen. Nur hast Du sie nicht wahrgenommen – bis jetzt -« antwortete Jeremiah.

»Wenn Du möchtest lege Dich jetzt ausgestreckt auf den Boden. Lege Deine Hände auf Deinen Bauch«.

Jeremiah setzte sich im Schneidersitz auf die Wiese. Johann blieb ebenfalls stehen und entschied dann sich wie gewünscht auf den Boden zu legen. Er legte sich ausgestreckt auf den Rücken und legte seine Hände auf seinen Bauch. Er konnte so nun diesen unglaublichen Himmel über ihm betrachten. Nach wie vor atmete er tief ein und wieder aus. Und nach wie vor hatte er ein größeres und breiteres Gefühl in sich.

Jeremiah hatte sich neben Johann gelegt. Beide schauten sie nach oben. Johann beobachtete das Blau über ihm und die kleinen Wolken. Dabei atmete er tief und gleichmäßig.

»Schließe jetzt Deine Augen. Und beschreibe mir was Du nun sehen wirst«, sagte Jeremiah.

Johann schloss seine Augen und zunächst sah er nur Dunkelheit. Langsam begann das Wahrnehmen heller zu werden. Er sah eine Fläche vor sich in einem immer stärker werdenden Violett, dazwischen grüne Flecken und einen größeren blauen Kreis. Das ganze schien ununterbrochen zu pulsieren. Seine geschlossenen Augen sahen ein Meer aus Farbe in die sie auf angenehme Weise eintauchten. Er begann Nuancierungen in Blau, Violett und Grün zu sehen. Er sah wie die einzelnen

Farben miteinander kommunizierten. Wie sie gegenseitig so etwas wie Fäden austauschten, dass winzige Segmente der einen Farbe in die andere eintauchten und umgekehrt. Je länger er schaute umso mehr Details nahm er wahr. Die Struktur der grünen Flecken, die sich ununterbrochen bewegten und sich in ihrer Form veränderten. Und die Form des blauen Kreises die sich stetig vergrößerte und wieder verkleinerte. Das Violett lag hinter dem Blau und dem Grün und diese Fläche schien die beiden anderen Farben zu tragen – sie diente als Grundlage der Verbindung.

Johann war fasziniert. Nie zuvor hatte er so etwas wahrgenommen.
Jeremiah sagte zu ihm: »Lass Deine Augen geschlossen. Ich möchte Dir nun etwas zeigen. Du kannst einfach weiter ruhig und tief atmen und Dir das ansehen, was Du nun sehen wirst«.

Johann hörte, was Jeremiah sagte und blieb mit seinem inneren Auge auf dem vor ihm liegenden Bild.

Langsam veränderte sich die Fläche oder der mittlerweile dreidimensionale Raum den er wahrnahm. Es fokussierte sich immer mehr das Violett heraus. Das Blau und das Grün verschwanden. Immer tiefer tauchte er ein in das Violett und es wurde zunehmend dunkler. Er hatte das Gefühl als blicke er in einen Tunnel. Und es schien als wäre es am Ende des Tunnels schwarz.

Simon

Simon, Mathilda und Klaus waren zur Beerdigung gekommen. Sie übernachteten im Haus von Peter. Außer den nahen Verwandten waren nur wenige Menschen gekommen. Johann hatte sehr zurückgezogen gelebt und das zeigte sich nun als er starb. Der Pfarrer hielt eine kurze Rede am Grab und jeder der Anwesenden warf ein bisschen Erde auf den Sarg. Simon und Mathilda hatten gemeinsam einen schönen Wiesenblumenstrauß gepflückt, diesen teilten sie in drei Teile, einen Teil warf jeder der beiden auf den Sarg in der Erde und einen Teil legte Simon auf das Grab als die Erde wieder aufgefüllt war. Dazu legte jeder drei Steine, die sie zuvor aus dem Stadtfluss geholt hatten, ans Kopfende des Grabes. Simon war zu dieser Zeit 7 Jahre alt. Er hatte den Großvater nicht oft gesehen und das machte ihn traurig. Denn er hatte sich immer einen richtigen Großvater gewünscht. So einen wie den aus den Geschichten, die ihm seine Mutter immer vorgelesen hatte. Die sich kümmerten und sorgten, die mit den Enkeln spielten und fischen gingen. Doch leider hatte Johann das nie mit Simon gemacht. Er konnte sich nicht erinnern, dass sein Großvater je an seinem Geburtstag da war. Und doch mochte Simon diesen Mann der

sein Großvater war und den er nur wenige Male gesehen hatte. Mit Mathilda sprach er oft über ihn. Und als er so krank im Krankenhaus lag, da hatte er sehr gerne dieses Bild gemalt für ihn. Mathilda hatte ihm schon oft erklärt warum der Großvater sich so zurück hielt und kaum Kontakt hatte mit ihm und seinen Eltern. Dass er in sich ein sehr trauriger Mensch sei und nicht aus seiner Haut raus könne. Nur hatte das Simon nicht die Sehnsucht genommen, die er verspürte, wenn er an seinen Großvater dachte. Simon lebte seine Kindheit bisher auf eine recht gute Weise. Sein Vater war zwar oft streng und manchmal auch ungerecht doch tat seine Mutter ihr Bestes um diese Situationen zu entschärfen. Sie ging von Anfang an dazwischen wenn Klaus seinem Sohn gegenüber ins Unrecht geriet. Und sie schaffte es jedes Mal ihren Mann zum Umdenken zu bringen. Es war etwas an ihr dem Klaus nicht widerstehen konnte. Und so kam es, dass er mit jedem Tag an dem er mit Mathilda zusammen war, seiner inneren Freiheit Stück für Stück näher kam. Seine bis dato erfahrenen und gelebten Strukturen von Familie und dem Umgang mit dem Gegenüber verloren ihre Macht und er öffnete sich einem möglichen Miteinander. Simon ging in die 2 Klasse. Er war innerhalb seiner Klasse als angenehmer Mitschüler bekannt, der sich selten durch Körperkraft durchsetzen musste. Kluge Argumentation half ihm von

Anfang an Konfliktsituationen gemäßigt zu regeln. Es machte ihm Spaß Neues zu lernen und zu erfahren. Seine Lehrer schätzten an ihm seine zwar kindliche, aber doch fortgeschrittene Weitsicht sehr. Auch sportlich war Simon sehr engagiert. Dadurch, dass er ein Einzelkind war, unterstützten die Eltern seine Vorlieben und Wünsche eigentlich immer. Er spielte Tennis und Fußball. Und es zeigte sich, dass er in beiden Sportarten großes Potential in sich trug. Simon lebte sein Leben zwar umsorgt - doch mit vielen Momenten der Freiheit. Manchmal stieg er auf sein Fahrrad und streifte stundenlang durch Wald und Wiesen. Es war für ihn nicht notwendig immer mit seinen Freunden zusammen zu sein. Er liebte es auch schon früh alleine unterwegs zu sein und Neues zu entdecken. Und eigentlich immer brachte er irgendwas Interessantes mit zurück nach Hause. Ob es nur ein Stein oder ein Ast oder vielleicht sogar ein Stück Moos war ... alles landete in seinem Garten. So fand er eines Tages im Wald ein Kätzchen. Es hatte sich wohl verlaufen und es saß miauend da - so dass Simon nicht lange überlegte und es mit nach Hause nahm. Mathilda päppelte es auf. Sie gaben ihm den Namen Sternchen. Rundum lebte Simon in seiner guten und gerechten Welt. Und sein Vater zeigte mehr und mehr seine Liebe zu seinem Sohn. Wenn es darum ging, dass ein Turnier anstand im Sport waren Mathilda und Klaus

immer als Unterstützer anwesend und sie konnten sich den Stolz nicht absprechen wenn sie sahen wie ihr Sohn sportliche Erfolge erlebte. Eines Tages als Simon wieder einmal seine Auszeit nahm und mit seinem Fahrrad in den Wald fuhr traf er an dem Bach, wo er damals Sternchen gefunden hatte, einen Mann. Der Mann saß am Wasser und spielte mit Steinen. Er baute kleine Türme. Simon schaute interessiert zu.

»Was machen Sie da«? fragte er den Mann.

»Ich erschaffe mir eine Armee«, sagte dieser. Simon legte sein Fahrrad hin, setzte sich ins Gras und betrachtete die Steintürmchen die der Mann gebaut hatte.

»Darf ich mit bauen«? fragte er den Mann.

»Klar. Wenn Du willst, mach das«, antwortete der Mann. Gemeinsam bauten sie Turm für Turm.

Johann darf - sehen –

Das Schwarz des Tunnels war auf einmal verschwunden. Johann fand sich plötzlich in einem Kreissaal wieder. Er sah eine Frau die unter großen Schmerzen ein Kind zur Welt brachte. Er merkte schnell, dass die anderen im Raum ihn nicht wahrnehmen konnten. Es war Mathilda. Klaus stand neben ihr und versuchte sie zum Pressen zu bewegen. Es schien als stehe der große Moment kurz bevor. Die Hebamme und er ermutigten Mathilda noch einmal mit voller Kraft zu pressen, das Kind war schon zu sehen. Mathilda atmete tief ein und presste. Begleitet von einem tiefen, markerschütternden Schrei gab sie alles, was an Kraft in ihr war und drückte. Und dann war es geschehen. Das Kind war geboren. Die Hebamme nahm den Säugling und legte ihn Mathilda auf den Bauch. »Es ist ein Junge«, sagte sie. Mathilda und Klaus weinten vor Glück. Und kaum zu beschreiben ist dieser Moment, den die beiden nun durchlebten. Ihr Kind war geboren. Und es war ein Junge. Und er würde den Namen Simon tragen. Johann beobachtete die Szene. Nie zuvor hatte er das gesehen. Bei seinen Kindern war er nie anwesend gewesen bei der Geburt. Er spürte eine leichte, sich gut anfühlende Welle von Wärme, die sich in seinem Körper breit machte. Er beobachtete wie die

Hebamme die Nabelschnur durchschnitt, das Kind versorgte und anzog.

Dann spürte er einen plötzlichen Sog in sich, um ihn herum verdunkelte es sich. Er fühlte sich als würde er durch diesen violetten Tunnel getragen und fand sich wieder in einem Garten. Dort sah er eine Wiese, eine Schaukel, einen Sandkasten und in diesem Sandkasten spielte ein kleiner Junge. Er war dabei eine Burg zu bauen. Und hatte um die Burg einen Graben gezogen. Johann hörte wie der Junge rief: »Mamiiii!!! Ich brauche Wasser!!!! - Mamiiiiiiiiii!!!!! Ich brauche Wasser«!!!!!! Johann sah nun das Haus das sich an den Garten anschloss, und aus einer Tür kam eine Frau herausgelaufen und sagte zu dem Kind.

»Simon. Du weißt, Du bist schon groß! Du kannst Dir selbst mit der Gießkanne das Wasser holen«. Johann erkannte nun. Das war Mathilda und das Kind war Simon. Er war hier ca. 4 Jahre alt. Mathilda kam mit einer Gießkanne auf Simon zu. Sie gab ihm die Kanne und zeigte zum Haus. Dort befand sich neben der Tür ein Wasserhahn. Simon murrte vor sich hin, nahm aber die Kanne und machte sich auf den Weg um sich das Wasser zu holen. Mathilda strich ihm über den Kopf und ging wieder in das Haus. Johann setzte sich auf

eine Bank und beobachtete wie sein Enkel sich das Wasser holte, die Gießkanne zurück zum Sandkasten schleppte, und vorsichtig das Wasser in den Graben hineinschüttete. Es war ein schönes Gefühl dem Kind zuzusehen. Es wirkte zufrieden und voll bei der Sache.

Wieder wurde es dunkel um Johann. Als er sich umschaute stand er in einem Flur, an den Wänden waren überall kleine Haken mit Bildchen, mit kleinen Jacken, auf dem Boden darunter Bänke und unter ihnen Schuhe. Viele kleine Schuhe. Er sah wie Mathilda, mit Simon an der Hand, den Flur entlang lief und sie blieben vor einem geöffneten Zimmer stehen. Simon setzte sich auf die Bank an der Wand und zog seine Schuhe aus. Mathilda holte unter der Bank seine Hausschuhe hervor und half ihm sie anzuziehen. Sie hängte seine Jacke und seinen kleinen Rucksack an einen Haken. Das Bild über diesem Haken zeigte einen Delfin. Simon sagte: »Bis später Mami«. Und verschwand in dem Zimmer. Mathilda grüßte kurz in das Zimmer hinein und ging wieder durch den Flur. Johann ging Simon hinterher. In dem Zimmer waren viele Kinder in Simons Alter. Zwei Frauen waren da und spielten mit den Kindern. Das Zimmer war aufgeteilt in mehrere Bereiche. Ein Bereich war mit einem Sofa ausgestattet und einem großen

Teppich. Dort lagen und saßen einige Kinder und schauten sich Bilderbücher an oder spielten Memory. Es waren Basteltische in dem Raum sowie auch ein Bereich mit Kisten voll Bausteinen und Lego. Dort saß Simon auf dem Boden und war gerade dabei etwas zu bauen. Zwei andere Jungs saßen ebenfalls vor den Kisten und bauten. Johann hörte wie der eine Junge Simon fragte, was er da baut. Simon sagte, ein Flugschiff. Damit könnte er dann ins Universum fahren. Der andere Junge schaute sich das gebaute Schiff an und sie fachsimpelten ob es wohl gegen Zusammenstöße gefeit war. Simon sagte zu dem Jungen, dass sie ja später wenn er fertig ist, ein Rennen und crashen machen könnten. Das Flugschiff war stabil und gut konstruiert umgesetzt. Das sah Johann. Und er fühlte etwas Stolz in sich, dass sein Enkel in diesem Alter schon solche Sachen bauen konnte. Simon stand auf und sagte zu der einen Frau, er müsse auf die Toilette.

Als er draußen war, sah Johann wie ein anderer Junge zu Simons Flugschiff ging und mit dem Fuß darauf trat. Es brach in zwei Teile. Und einige von den Legosteinen hatten sich gelöst. Der andere Junge, der mit Simon zuvor gespielt hatte, fuhr erbost hoch und schubste den Jungen, der das Schiff zerstört hatte, in die Seite. Der Junge fing an zu weinen.

In dem Moment wurde die eine Betreuerin aufmerksam. Sie kam zu den beiden Kindern und fragte was denn los sei. Der Junge, der das Schiff kaputt gemacht hatte, weinte und sagte zu ihr: »Ich hab gar nichts gemacht. Bin nur vorbei gelaufen und der Jakob hat mich geschubst«. Die Betreuerin schaute Jakob an und sagte zu ihm, er solle aufhören andere Kinder zu schubsen. Das darf man nicht. Jakob versuchte ihr zu sagen was passiert war, aber sie hörte ihm nicht zu. Sie ging zurück an den Basteltisch. Als Simon zurück kam und sah dass sein Schiff zerstört war, war er sichtlich sauer. Er fragte Jakob wer das gewesen sei. Jakob sagte ihm, dass Flo das gemacht hat. Simon schaute im Zimmer umher. Er entdeckte Flo hinten in der Bücherecke. Gezielt lief er zu ihm hin und schubste ihn so arg, dass dieser vom Stuhl fiel. Wieder weinte Flo laut. Sofort war die Betreuerin zur Stelle. »Was ist hier los«? fragte sie Simon. »Er hat mein Schiff kaputt gemacht«! Simon sagte das und verschränkte die Arme vor seinem Bauch. Die Erzieherin schaute beide Kinder an und sagte dann zu Flo: »Flo, warum hast Du das gemacht«? Flo schaute ihr in die Augen und sagte. »Ich war das nicht. Ich bin nur vorbei gelaufen. Ich hab nix gemacht«. Darauf sagte Simon. »Das stimmt nicht. Jakob hat mir gesagt Du warst das«. Die Erzieherin schaute beide wieder an.

Dann sagte sie: »Ok, ich möchte dass ihr beide euch jetzt wieder vertragt und es werden keine Sachen zerstört, die ein anderer gebaut hat. So. Und jetzt wollen wir einen Stuhlkreis machen. Kommt bitte in die Mitte«. Simon war sauer. Er fand das sehr ungerecht. Dass die Erzieherin Flo nicht schimpfte. Er warf diesem noch einen richtig bösen Blick zu, dann ging er wie gewünscht mit den anderen zum Stuhlkreis. Johann verfolgte dies alles und er verstand. Es war Unrecht geschehen und der Urheber des ganzen, das Kind Flo, kam recht gut aus dieser Sache raus. Er würde dies sicher wieder machen wenn ihm danach war.

Johann spürte, dass das Verhalten der Erzieherin besser hätte sein können, damit die Kinder wirklich etwas daraus gelernt hätten.

Wieder spürte er Dunkelheit um sich. Als er sich umsah war er auf einem Weg im Wald und weit vorne sah er Simon auf einem Fahrrad wie er schnell den Weg entlang auf ihn zufuhr. Simon stoppte einige Meter vor ihm. Er stieg von seinem Rad und kniete sich am Rand eines kleinen Baches auf den Boden. Da sah Johann erst warum Simon angehalten hatte. Ein kleines Kätzchen saß miauend im Gras. Simon nahm die Katze auf den Arm und schob mit der andern Hand sein Fahrrad zurück auf den Weg den er gekommen war.

Wieder wurde es dunkel um ihn. Er stand in dem Garten von Simon, Mathilda und Klaus. Gerade kam Simon mit der kleinen Katze auf dem Arm aus dem Haus, gefolgt von Mathilda. Sie setzten sich mit dem Kätzchen auf die Wiese und spielten mit ihr. Johann konnte sehen wie gut Simon mit dem Tier umging. Es war mittlerweile etwas kräftiger und es sah aus als würde es mal eine schöne große Katze werden. Mathilda sagte Simon, dass er jetzt los müsste, sein Training fängt gleich an. Simon packte seine Sporttasche, die neben der Tür stand, stieg auf sein Fahrrad und fuhr los.

Johann folgte ihm aus dem Garten. Er schaute die Straße runter und sah wo Simon hinfuhr. Links vorne erkannte er die Sportanlagen. Und da bog Simon auch schon von der Straße ab und verschwand. Johann ging bis zu der Stelle wo Simon abgebogen war. Da sah er wo Simon hinging. Zum Fußballtraining. Es war ein großer Fußballplatz. Ca. 20 Kinder waren dabei sich ihre Fußballschuhe anzuziehen und es war ein reges Treiben und Gelächter. Mittendrin erkannte Johann seinen Enkel wie er sich seine Schuhe anzog. Zwei Trainer waren da, diese bereiteten auf dem Platz das Training vor. Nach und nach liefen alle Kinder auf den Platz. Johann setzte sich auf die Steintreppen und erlebte zum ersten Mal ein Kinder-Fußballtraining.

Und er war überrascht, wie flink und sportlich die Kinder mit dem Ball umgehen konnten. Simon machte sich großartig. Er lief schnell, spielte fair und achtete auf seine Mannschaftskollegen. Und er konnte ordentlich schießen. Nach ca. 30 min hatte Johann gesehen, dass sein Enkel im Fußball talentiert war und er in guter Kondition locker alle Anforderungen meisterte.

Und es waren bei diesen Kindern durchaus einige dabei, bei denen das nicht so war. Und das sah Johann. Wieder empfand er eine warme Welle in sich. Es fühlte sich gut an. Dass dieser Junge da auf dem Platz seine Sache so gut machte. Johann schaute zu bis das Training zu Ende war. Simon wechselte die Schuhe und spurtete zu seinem Fahrrad. Und machte sich auf den Weg nach Hause.

Draußen auf der Straße war ein kleiner Tumult entstanden zwischen 4 etwas älteren Jungs, die sich zankten. Simon wollte daran vorbeifahren, doch einer der Jungen stellte sich ihm in den Weg. Simon musste anhalten. Er stieg vom Rad und sagte »Lasst mich durch«. Der andere Junge lachte und sagte: »Nee. Du kleiner Scheiß-Fußballer. Ich lass Dich nicht durch. Wegen euch können wir um die Zeit hier nicht kicken. Und das geht uns ganz schön auf die Nerven. Nur weil ihr glaubt ihr seid was besonderes, weil ihr im Verein seid. Ich lass

Dich nicht durch«. Simon schaute sich um, die anderen Spieler waren fast alle weg. Nur er und 2 andere standen mit ihren Rädern noch vor dem Platz um in dieser Richtung nach Hause zu fahren. Doch diese 4 Jungs, es waren diejenigen, die sich erfolglos beworben hatten um im Verein zu spielen, sie kamen jetzt bewusst hierher um zu kicken, obwohl es eigentlich nur für Mitglieder gestattet war. Aber genau das wollten sie. »Jetzt lasst uns durch, ihr Deppen. Wir wollen nach Hause« sagte Simon und versuchte mit dem Rad den einen Jungen wegzuschieben. Doch dieser schubste mit einem Mal so heftig gegen Simons Rad, dass es umfiel. Und mit ihm Simon ...Die anderen 2 Jungs machten kehrt und fuhren schnell in die andere Richtung der Straße. Simon stand auf und versuchte mit seinem Fahrrad erneut an den Jungs vorbei zukommen. Wieder versuchte der Junge das Rad umzuschubsen. Ein anderer schnappte sich die Sporttasche von Simon und schmiss sie in die Büsche. Simon fragte den Jungen, warum er das tue. Der Junge, der sein Rad umgeschubst hatte, trat an Simon heran und boxte ihn in den Bauch. Die andern fingen an ihn zu treten. Simon fiel auf den Boden und legte sich schützend die Hände über den Kopf.

Johann sah das alles - und alles zog sich plötzlich in ihm zusammen. Er versuchte dazwischen zu gehen. Nur er spürte schnell, dass das keinen Sinn machte. Er war für die Kinder unsichtbar. Es war sehr schwer diesen Moment auszuhalten. Er schaute zu wie das Kind, das er immer mehr kennen und schätzen lernte, von anderen Kindern schwer angegriffen wurde. Es wurde ihm mit einem Mal bewusst, was es heißt wenn einem körperliche Gewalt angetan wird. Und man unfähig ist etwas dagegen zu tun. Johann spürte eine große Schwere in sich. Es war als öffnete sich in ihm ein See aus gefrorenem Eis. Unsägliche Kälte machte seine Glieder schwer und er spürte wie ganz tief in ihm ein kleiner Junge sich meldete. Und dieser Junge weinte. Er weinte ununterbrochen, in einem fort. Johann konnte nicht mehr weichen, er hatte das Schloss geöffnet was das Eis auf diesem See geschlossen hielt. Er sah vor seinen Augen diesen endlos weiten See vor sich - und er sah wie sich große Linien durch das Eis brachen. Mehr und mehr. Und mehr und mehr konnte er diesen kleinen Jungen weinen hören. Je mehr Risse und Linien die Eisdecke teilten, umso mehr wurde ihm dieser Junge bewusst. Und er begann zu erkennen, dass dieser Junge - er selbst war -.

Johann und der Schmerz

Johann öffnete die Augen. Er schaute noch immer in diesen Himmel. Und er lag noch immer auf dieser Wiese. Er drehte den Kopf und noch immer war da Jeremiah. Johann setzte sich auf. Er spürte, dass etwas über seine Wangen lief. Wasser? Dachte er. Er fasste sich ins Gesicht und spürte, dass dieses Wasser aus seinen Augen kam. Er weinte. Lautlos liefen ihm die Tränen über seine Wangen. Jeremiah sah ihn an und fragte:
»Wie geht es Dir«?
Johann räusperte sich und antwortete:
»Ich bin etwas durcheinander. Und ich fühle eine große Schwere in mir. Es tut weh, dieses Gefühl was ich habe. Ich kann es kaum beschreiben, ich habe keine Worte«.
Jeremiah fragte weiter: »Kann es ein Gefühl sein das so etwas wie Traurigkeit ausdrückt? Kann es sein, dass Du traurig bist«?
»Ja. Genau. Das könnte man so beschreiben«, sagte Johann. »Es ist so als hat man etwas verloren was wichtig war und jetzt ist es weg. Aber eigentlich noch viel mehr als das. Es tut körperlich weh«.
Jeremiah bat Johann weiterhin auf seine Atmung zu achten. Tief und gleichmäßig sollte er atmen. Bewusst ein - lang und tief - und langsam den

Atem wieder nach oben kommen lassen, und aus-atmen. Johann konzentrierte sich. Und wieder spürte er wie die Tiefe des Einatmens und das bewusste Ausatmen sein Körpergefühl verbesserte. Wieder fühlte er sich breiter und größer. Jeremiah bat ihn, sich wieder hinzulegen und sich auf einen weiteren Teil seiner Reise einzulassen.

Johann und Simon

Johann war wieder vor dem Sportplatz. Vor ihm auf dem Boden lag Simon. Noch immer hielt er die Hände über seinem Kopf. Die Jungs ließen von ihm ab und gingen die Straße runter. Simon setzte sich auf, er weinte. Blut tropfte von seinem Knie. Er stieß einen kleinen Schrei aus, rappelte sich hoch und holte seine Tasche aus dem Gebüsch. Dann hob er sein Fahrrad auf und fuhr nach Hause. Zuhause angekommen warf er das Rad im Garten hin und stürmte ins Haus. Mathilda erschrak sehr, als sie erfuhr was sich zugetragen hatte. Johann stand vor dem Fenster und konnte alles, was im Innern des Zimmers vor sich ging, gut verfolgen. Klaus wollte sofort nach den Kindern suchen und sie zur Rechenschaft ziehen. Doch Simon bat inständig darum, dass sie das nicht tun sollten. Er wollte selbst mit der Situation zurechtkommen. Und er würde sicher Wege finden um seine Gerechtigkeit zu bekommen. Er wollte nicht, dass seine Eltern sich einmischten. Johann war erstaunt wie selbstbewusst Simon mit seinen Eltern sprach, das Verhalten des Kindes beeindruckte ihn. Alles was er bisher von diesem Kind - gesehen - hatte, erweckte in ihm den Wunsch - genauso gelebt zu haben. Und er spürte und sah in sich den kleinen weinenden Jungen - sich selbst -.

Und er spürte große Traurigkeit, dass in seinem eigenen Leben dieser kleine Junge schon früh - eingeschlossen wurde - in diesem riesigen See aus Eis.

Johann trifft Johann

Johann stand vor diesem See, den er vor seinem inneren Auge gesehen hatte. Noch immer öffnete sich Stück für Stück die Eisdecke. Es waren mittlerweile immer mehr Risse an der Oberfläche zu sehen und teilweise konnte man das Dunkelgrün darunter erkennen. Es sah aus als wäre diese schier endlose Fläche in Bewegung gekommen. Johann sah ein Stück weiter am Ufer eine Bank stehen. Er ging hin und setzte sich. Es war kalt an diesem Ort. Es herrschte eine Stimmung wie an einem feuchtkalten trüben Novembertag. Nebelschwaden zogen umher. Kaum ein Laut war zu hören. Nur ab und zu hörte er ein entferntes Krächzen, vielleicht von einem Raben, der irgendwo am Ufer versuchte Nahrung zu finden. Johann saß da und betrachtete das große Weiß vor ihm. Er spürte intuitiv dass das sein See war. Dass dieser Ort ein Ort in seinem Inneren war. Und es stimmte ihn traurig, dass es so trostlos und kalt war. Er saß da und in ihm war das große Schweigen. Das was er kannte. Ein Schweigen, das keine Erklärungen mehr erwartete. Ein Schweigen, das aufgehört hatte zu fragen. Ein Schweigen, das - angenommen - worden war. Es war ein Zustand der nicht unbedingt schlecht war. Es führte nicht in den Akt der Verzweiflung - oder den Drang - man müsse es

beenden oder verändern. Nein. Es gab in gewisser Weise dem Betrachter – Ruhe -. Man konnte hier sein - und es war still. Keine Anforderungen. Keine Aktionen zur Verteidigung waren nötig. Es kostete keine Kraft aber es gab auch keine Kraft. Es war wie ein - Mittelzustand -. So, als bleibt man einfach stehen. Und steht. Mehr nicht. Plötzlich spürte Johann Bewegung neben sich. Ein Stückchen weiter am Ufer saß ein kleiner Junge. Er war vielleicht 9 Jahre alt. Er hatte kurze Hosen und Kniestrümpfe an, ein Hemd und eine Weste darüber. Johann erkannte diese Weste. Er hatte auch so eine als er klein war. Die hatte ihm eine Nachbarin geschenkt, die immer, solange er im Haus seiner Eltern wohnte, versucht hatte den Kindern Gutes zu tun. Sie hatte ihm oft morgens auf dem Schulweg einen Apfel oder eine Stulle zugesteckt damit er Abwechslung zu den Schulbroten seiner Mutter (und das war immer Brot mit Leberwurst) hatte. Sie schenkte der Familie auch regelmäßig Kleider, die von ihren eigenen Kindern nicht mehr gebraucht wurden. Und eben diese Weste - die hatte Johann sehr gerne gehabt. Johann schaute den Jungen an. Er wirkte - verhalten. - In irgendeiner Form – unnahbar -. Der Junge spürte den Blick Johanns und stand auf. Er setzte sich neben ihn auf die Bank und schaute auch auf den See. Johann sah plötzlich, dass noch mehr Personen hier am Ufer waren. Verschiedene Altersgruppen, Kinder,

Jugendliche und Erwachsene. Alle männlich. Sie standen entweder allein oder in Gruppen beieinander. Alle betrachteten sie den See. Und beobachteten die Bewegung, die in die Eisdecke gekommen war. Johann drehte den Kopf und schaute den Jungen neben sich an.

»Wer bist Du«? fragt er ihn.

»Ich bin Johann«, antwortete der Junge.

» Ich bin auch Johann«, sagte Johann.

»Ich weiß«, sagte der Junge.

»Wir alle hier sind Johann«, setzte er hinzu.

»Und warum sprichst Du jetzt mit mir«? fragte Johann.

»Weil Du zu uns gekommen bist. Wir haben sehr lange auf Dich gewartet. Ich wurde ausgewählt um mit Dir zu sprechen. Wir freuen uns, dass Du zu uns gefunden hast. Wäre es möglich, dass ein kleiner Johann sich auf Deinen Schoss setzen darf«?

Erwartungsvoll schaute der Junge Johann an. Johann bejahte. Und im selben Moment spürte er wie ein etwa 3jähriger es sich auf seinem Schoß gemütlich machte. Zunächst war es für Johann ein seltsames Gefühl. Er wusste nicht was er tun sollte. Doch der Johann neben ihm ermutigte ihn, seine Arme um den Kleinen zu legen und ihn zu wärmen. Johann tat es. Und es fühlte sich gut an. Das Kind schmiegte sich vertrauensvoll an seine Brust.

Und Johann ließ immer mehr den körperlichen Kontakt zu. Er fühlte dass er, der Große, diesen kleinen Jungen gut im Arm halten konnte. Zudem, dass er dem Kleinen Wärme gab, spürte er die Wärme, die von ihm in seinen eigenen Körper einzog. Eine Weile saßen sie so da.

»Wir wollen Dir alle etwas sagen«: Der 9 jährige Johann stand auf.

»Weißt Du, wir wissen, dass Du und wir sehr traurig gelebt haben während Deiner Lebenszeit. Und wir wissen, dass Du uns erst gefunden hast - jetzt nachdem Du gestorben bist. Aber weißt Du, großer Johann, das war und ist für uns andere keine Bedrängnis. Wir haben gewusst, dass Du spätestens jetzt zu uns kommst. Vielleicht hätten wir früher zueinander finden können, aber es ist so wie es ist - und das ist wohl unser Weg gewesen. Wir möchten Dir sagen, dass keiner von uns verloren ging. Alle die es je gegeben hat sind hier. Und wir spüren, dass wir nun gemeinsam einen neuen Weg erfahren werden an Deiner Seite«. Der 9 jährige ging wieder an das Ufer heran.

»Kannst Du es sehen? Wie das Eis langsam sich - öffnet «?

 Lächelnd stand der 9jährige vor ihm und schaute ihn an. Johann lächelte zurück und er fühlte sich sonderbar gut. Es war eine vollkommen neue Erfahrung, was er gerade durchlebte. Er schaute sich

die ganzen Johanns an, die alle von klein bis groß
hier an diesem See herumstanden. Und er spürte
dass alle - jeder für sich - ihm viel zu erzählen hatte. Manche winkten ihm zu, manche schauten ihn
durchdringend an, andere drehten sich weg -
wenn Johann sie anschaute. Die kleinen, die es
gab, die begannen mehr und mehr sich ihm und
der Bank zu nähern. Aber so richtig trauten sie sich
nicht. Der 9jährige sagte zu Johann:
»Du solltest ihnen sagen, dass sie kommen dür-
fen«. Johann tat was der Junge ihm geraten hatte.
Er sagte zu allen: »Wer möchte, kann zu mir
kommen«. Und das taten sie. Schneller als Johann
schauen konnte. Plötzlich war er umringt von
kleinen Jungs. Und dann lag da sogar ein Baby
neben ihm auf der Bank. Johann wusste nicht warum - aber er tat das Folgende: Er setzte den
3jährigen neben sich und nahm das Baby in den
Arm. Er schaute in die Runde. Dann sagte er zu
dem 9jährigen.
»Wie alt sind diese Kleinen«?
Der 9jährige zählte auf: »Das Baby ist 4 Monate,
dann haben wir 2 x 3 jährige, 3 x 5 jährige und 4 x 6
jährige, dann gibt es noch 2 x 7 jährige und einen
8jährigen«.
Alle schauten ihn hoffnungsvoll an. Johann spürte
wie die Wärme in ihm zunahm. Das Baby war ein-
geschlafen und die anderen drängten sich eng an

ihn. Er spürte wie sich in ihm etwas vereinigte. Als er seine Augen auf den See richtete, sah er wie dieser sich mehr und mehr veränderte. Das Eis schien zu verschwinden. Am Uferbereich, wo er mit den Kindern saß, waren Streifen des grünlichen Wassers zu erkennen. Er konnte das leichte Plätschern hören das die sanften Wellen machten als sie an das Ufer trafen.

»Ich werde ab jetzt immer mit Euch sein. Das verspreche ich«.

Johann dachte für einen Moment darüber nach was er da gerade gesagt hatte. Irgendwo in ihm irritierte ihn seine Aussage. Aber er überhörte dies auf unerklärliche Weise - und fühlte sich noch besser. Weil er eben genau dies zu den Kleinen gesagt hatte. Der 9jährige begann am Wasser zu spielen. Johann saß da und genoss das Zusammensein mit den Kleinen. Sie zu spüren, ihre Nähe und ihre aufrichtige Zuneigung machten es ihm leicht - es einfach anzunehmen.

Plötzlich veränderte sich seine Wahrnehmung. Er spürte, er war wieder in diesem violetten Tunnel und als er um sich blickte waren die Kinder verschwunden. Der See, der 9jährige. Alles weg.

Johann - sieht -

Er befand sich in dem Wald wo Simon die Katze gefunden hatte. Er sah dort einen Mann am Rand des Baches sitzen und gerade kam Simon mit seinem Fahrrad herangefahren. Er hörte wie die beiden miteinander sprachen. Und wie sie zusammen Türme aus Steinen bauten. Johann betrachtete den Mann genauer. Er war groß, stark und wirkte hart. Seine Haut war von der Sonne gegerbt. Seine Augen waren dunkel, ein dunkles Braun das fast ins Schwarz überging. Dazu ein Haarschnitt kurz und akkurat. Er sah aus wie ein Soldat. Genau so hatte Johann seine Haare immer getragen. Johann überlegte warum dieser Mann hier am Bach saß. Und warum er zu Simon sagte, er würde eine Armee bauen. Der Mann animierte Simon immer weiter in das gemeinsame Spiel um die Errichtung einer Armee. Simon fand es interessant, das spürte Johann. Er sah wie die beiden Gräben zogen und ihre Soldaten darin platzierten. Nebenbei erzählte der Mann Geschichten aus der Zeit als er für viele Länder in den Krieg gezogen war. Er wurde gerufen, wenn schwierige Situationen zu bewältigen waren, wenn andere sich verweigerten weil es sehr gefährlich sein könnte, sei er immer bereit gestanden um seinen Dienst zu leisten. Als eine Zeit vergangen war schaute Simon

auf seine Uhr. Und erschrak. Er musste nach Hause. Er war schon sehr lange unterwegs und Mathilda würde sich vielleicht Sorgen machen. Simon stand auf und sagte zu dem Mann, dass er jetzt gehen müsse. Der Mann fragte Simon, ob er denn wieder kommen würde, an einem anderen Tag. Simon freute sich und sagte zu ihm, dass er sehr gerne wieder mit ihm bauen wolle. Sie verabredeten sich für den übernächsten Tag.

Simon stieg auf sein Fahrrad und fuhr nach Hause. Der Mann saß noch eine Weile am Bach, stand dann auf und ging in den Wald. Johann überlegte was das zu bedeuten hatte. Warum wurde er Zeuge dieser Begegnung. Er setzte sich auf den Boden und betrachtete die Türmchen die die beiden gebaut hatten. Plötzlich hörte er Schritte. Der Mann kam den Weg heran gelaufen. Er setzte sich wieder an den Platz, an dem er gesessen hatte und begann wieder Türmchen mit den Steinen zu bauen. Kurze Zeit später sah Johann Simon mit seinem Fahrrad heran kommen. Die beiden begrüßten sich und Simon setzte sich neben den Mann und wieder begannen sie ihr Spiel. Während sie bauten erzählte Simon von seiner Begegnung gestern vor dem Sportgelände. Wie die Jungs ihn nicht durchlassen wollten und ihn geboxt und geärgert hatten. Simon war sehr aufgebracht und

fragte sich wie er mit diesen 4 Jungs verfahren sollte, wenn er sie wieder treffen würde. Der Mann
hatte Simon aufmerksam zugehört und ihm dann
bestätigt, dass er es gut gemacht hatte wie er sich
in dieser Situation verhalten hatte. Er sagte zu ihm,
dass er einige gute Tricks kenne um sich gegen
diese Jungs bei der nächsten Begegnung besser
wehren zu können. Dazu müsste Simon aber mit
ihm kommen in seine Hütte und dort würde er
Simon alles zeigen. Johann spürte, dass Simon
überlegte ob es gut wäre mit dem Mann mitzuge-
hen. Doch die Neugier war größer. Er wüsste
schon gerne wie er sich gegen diese Idioten am
besten zur Wehr setzen könnte. Und so sagte er:
»Ok, ich komme mit«. Der Mann stand auf und
sagte: »Gut. Dann gehen wir«. Simon nahm sein
Rad und beide gingen in die Richtung, in die der
Mann beim letzten Treffen gegangen war. Johann
folgte den beiden. Sie liefen etwa 1 km in den
Wald hinein. Simon hatte es schwer mit seinem
Fahrrad auf dem Waldboden zu laufen. Es war
kein Weg auf dem sie gingen, sie liefen querfeldein
durch den Wald. Dann sah Johann eine Hütte, die
auf einer kleinen Lichtung stand. Darauf steuerte
der Mann zu. Angekommen wollte Simon sein Rad
vor der Tür abstellen. Doch der Mann bat ihn das
Rad mit in die Hütte zu nehmen. Man weiß ja nie,
sagte er, vielleicht kommt irgendjemand vorbei
und denkt hier steht ein herrenloses Rad, das

nehm ich mit. Simon bejahte das und er schob sein Rad in die Hütte. Johann folgte den beiden in das Innere. Der Mann entzündete eine Petroleumlampe und breitete auf dem Boden eine Decke aus. Dann sagte er zu Simon, er müsse sich die Schuhe ausziehen und seine Jacke. Simon tat was der Mann verlangte. Der Mann hatte ebenfalls seine Jacke und seine Schuhe ausgezogen. Er bat Simon, sich in die Mitte der Decke zu stellen. Dann stellte er sich sehr nahe hinter ihn und legte seine Arme um den Oberkörper Simons. In diesem Moment spürte Johann in sich ein furchtbares Gefühl. Die Kehle wurde ihm trocken, der Bauch zog sich zusammen, das Atmen fiel ihm mit einem Mal unglaublich schwer. Er schaute in die Augen seines Enkels und er erschrak zutiefst. Denn diese Augen schauten - erwartungsvoll und interessiert auf das nun Kommende. Doch Johann spürte es schon noch bevor es geschah. Der Mann schloss seinen Griff. Er drückte mehrfach fest zu und holte dann aus seiner rechten Hosentasche ein Tuch. Dieses drückte er Simon auf Nase und Mund. Er hob Simon hoch - und trug ihn eine Treppe hinunter. Diese Treppe sah Johann erst als der Mann mit seinem Bündel da jetzt hinunter stieg. Sie war rechts hinten in der Hütte und führte wohl in ein zweites Stockwerk nach unten. Johann fühlte sich wie gelähmt. Und fast wollte er da stehen bleiben wo er stand. Er sah wie der Kopf des Mannes

irgendwo unten verschwand - und endlich bewegte er sich. Er ging die Treppe hinunter. Simon wehrte sich nicht. Der Mann hatte ihn betäubt. Unten war ein Tisch, der mitten im Raum stand und rechts an der Wand stand ein großes Bett. 2 große Lampen beleuchteten den Raum. Der Mann legte den schlafenden Simon auf den Tisch. Er begann ihm die Kleider auszuziehen. Stück für Stück löste er ein Kleidungsstück und nach jedem ausgezogenen Teil machte er ein Foto von Simon. Johann sah, dass an der Wand gegenüber dem Bett ein Regal stand auf dem mehrere Kameras, Fotos und Video lagerten.

Als das Kind nackt auf dem Tisch lag, begann der Mann sich selbst auszuziehen. Nachdem er selbst nackt war und Johann sah mit Erschrecken wie groß und mächtig das Glied des Mannes war - begann er um den Tisch herum zu gehen und mit seinen Händen berührte er jeden Zentimeter des Körpers von Simon. Er machte dann viele Aufnahmen aus verschiedenen Perspektiven und dokumentierte in Bildern jeden Zoll dieses Kinderkörpers. Dazwischen streichelte er ausgiebig die eine oder andere Stelle. Lange hielt er sich am Kopf des Kindes auf. Er öffnete Simons Mund und machte Fotos von seinen Zähnen und seiner Mundhöhle. Er küsste sein Gesicht und seine Ohren. Fast zärtlich tat er das. Dann nahm er den

begann Laute von sich zu geben. Er sprach liebevoll auf Simon ein. Wie gut er sei, wie schön er sei,
ein Geschenk des Himmels und er würde sanft
vorgehen, er verspreche es.

Johann sieht sich selbst

Eben stand Johann noch in diesem Raum unter der Hütte. Jetzt war er von Dunkelheit umgeben. Er befand sich in einem Saal. Nur langsam gewöhnten sich seine Augen an die Dunkelheit. Er erkannte zunehmend, dass er in einer Art Schlafsaal stand. In diesem Saal standen viele Betten, Kinderbetten. Und in diesen Betten lagen Kinder die schliefen. Es waren Kinder zwischen vielleicht 3 - 7 Jahren. Johann zählte 36 Betten. Plötzlich fiel ein Lichtschein in den Raum. Am einen Ende des Saals hatte sich eine Tür geöffnet und ein Mann, hochgewachsen, kam geradewegs auf Johann zu. Er blieb kurz vor ihm stehen und setzte sich an das Bett eines kleinen Jungen. Der Mann schlug die Decke zurück und nahm das schlafende Kind auf den Arm. Er ging zurück zu der Tür und schloss sie hinter sich. Johann stand wieder in der Dunkelheit. Für einen Moment wusste er nicht was er tun sollte, doch dann setzte er sich in Bewegung und ging auf die Tür zu. Er öffnete sie und blickte in einem großen langen Flur. Kleine Lampen an den Wänden gaben gerade so viel Licht, dass man alles erkannte, aber nicht geblendet wurde. Er sah mehrere Türen die von diesem Flur abgingen. Er stand in diesem Flur und lauschte. Nichts. Stille.

Dann vernahm er hinter einer dieser Türen Geräusche. Er ging auf die Tür zu, öffnete sie. Dahinter war so etwas wie ein kleines Büro mit einem Schreibtisch und Regalen voller Bücher. Johann sah eine zweite Tür die von diesem Raum abging. Und durch diese Tür, die angelehnt war, fiel ein kleiner Lichtschein in das Zimmer. Johann öffnete diese weitere Tür und erstarrte.

Für einen Moment sah er - seinen See - vor sich. Er konnte eine leichte Eisschicht erkennen, so als beginne gerade der Winter, wenn die ersten richtigen Kälteperioden dazu führten, dass das Wasser eines Sees der Natur nicht mehr standhält - und sich in den Winterschlaf begibt.

Johann war wieder in dem Zimmer. Er versuchte das was Jeremiah ihm angeraten hatte, umzusetzen. Er atmete bewusst ein und bewusst aus. Langsam löste sich das erstarrende Gefühl in ihm. Er schaute auf das, was sich vor ihm abspielte. Der Junge war wach. Er saß auf dem Bett und er war gerade dabei, dem Mann, der vor seinem Bett stand, mit seiner rechten Hand dessen Penis zu reiben. Er hatte seine andere Hand am Oberschenkel des Mannes liegen. Der Mann nahm den Kopf des Jungen und drückte diesen über seinen Penis. Fest und mit Nachdruck schob er dem Kleinen seinen Penis in den Mund. Dabei sagte er zu dem Jungen: »Sei ein guter Junge, Johann. Mach was

getan hast. Niemand - hörst Du - niemand werden wir davon erzählen. Nur wenn Du verschwiegen bist wie ein Toter in seinem Grab werde ich Dich verschonen. Denke an die anderen die sich mir widersetzen wollten. Ich werde Dich sonst töten Junge. Und dafür sorgen, dass der Himmel niemals für Dich offen steht. Denn ungehörige Kinder kommen in die Hölle! Denk daran. Und jetzt geh«!

Der kleine Johann rutschte von dem Bett und ging langsam aus dem Zimmer. So wie es der Mann gesagt hatte, zog er, als er drüben im Schlafsaal war, eine frische Hose an und legte sich wieder in sein Bett. Er rollte sich zusammen wie eine Schnecke und bewegte sich nicht mehr. Johann war noch immer dabei - durch konsequentes Ein- und Ausatmen dieses extreme Gefühl von Erstarrung loszuwerden. Er hatte alles genau gesehen. Die Handlungen des Mannes, das Verhalten des Kindes, und jetzt stand er vor dem Bett des kleinen Johann und die Erinnerung - war in seiner Seele angekommen. Der Schmerz löste sich in ihm - Er setzte sich auf den Rand des Bettes und Tränen begannen zu laufen. Seine Augen musste er schließen.

Er konnte die Flut an Tränen nicht mit offenen Augen aushalten. Das Wasser der Seele lief aus ihm heraus und er saß da und ließ es geschehen. Voller Trauer und Mitgefühl legte er seinen Arm

auf das Kind und weinte. Lautlos weinte er, und er weinte noch als es hell wurde und das Leben zurückkam in die schlafenden Kinder. Auch der kleine Johann erwachte. Doch erschrak er im selben Moment. Sein Bett war nass. Er hatte sich in die Hose gemacht. Und er wusste, wenn der Heimleiter das sah, würde er Ärger bekommen. Schnell stand er auf und wechselte das Bettzeug. Johann hatte sich, als der Kleine erwachte, zurückgezogen. Er stand an der Tür des Schlafsaales und sein Herz war in tiefster Trauer. Nach einem letzten Blick auf sein kleines Ich öffnete er die Tür.

Als er nach draußen kam war er wieder auf seiner Wiese. Jeremiah saß auf einem Stuhl. Ein zweiter Stuhl stand da und wartete auf Johann. Er sah auch einen Tisch. Auf diesem Tisch lagen Brot, Käse und eine Flasche Wein mit 2 Gläsern. Johann setzte sich. Jeremiah schenkte ihm ein Glas Wein ein und schnitt ihm ein Stück Brot und Käse ab.

»Hier, Johann, eine kleine Stärkung für Dich. Lass uns trinken auf einen Menschen der unglaubliches geschafft hat. Der es ein Leben lang geschafft hat Schmerz in Eis zu verwandeln«.

Johann verstand. Er nahm das Glas und leerte es in einem Zug. Es tat gut. Die Wärme des Alkohols breitete sich in ihm aus. »Ich habe es nicht mehr gewusst. Ich habe so vieles - verdrängt«. Johann

stockte. »Aber ich habe mich gesehen - mich als kleinen Jungen. Und was dieser Mann mit mir getan hat. Und ich habe gesehen was dieser andere Mann mit meinem Enkel getan hat. Und ich habe gesehen wie die Kinder Simon geschlagen und getreten haben. Ich habe gesehen wie Simon das Unrecht erlebte in seinem Kindergarten. Aber ich habe auch gesehen - wie mein Sohn ein Anderer ist. Und wie beide, Klaus und Mathilda, sich gut kümmern um ein Kind das aus ihnen entstanden ist. Und ich sehe, was ich getan habe. Mein ganzes langes Leben lang. Ich habe anderen keinen Respekt entgegengebracht. Ich habe geschlagen, ich habe meine Tochter missbraucht. Ich bin verantwortlich, dass sich das Kind erhängt hat. Ich habe meine Frau gequält, missbraucht, geschlagen. Und ich habe sie dazu gebracht, dass sie ihr Leben aufgegeben hat. Ich habe keines meiner Kinder davon kommen lassen. Alle wurden sie gestraft durch meine Taten. Ich bin ein böser Mensch. Und ich verdiene keine Gnade. Ich bin es nicht wert, dass man sich mir zuwendet. Ich bin schlechter als schlecht. Ich verstehe nicht, dass es etwas wie mich überhaupt gibt. Ich schäme mich zutiefst«.

Johann saß da, den Kopf nach unten, er sackte in sich zusammen. Jeremiah rückte seinen Stuhl näher an Johann heran. Er legte ihm eine Hand auf den Rücken. Und begann ein Lied zu summen.

Aus seiner Hand begann ein violetter Strahl voll heilender Energie in Johanns Rücken zu fließen. Es breitete sich zunehmend in Johanns Körper aus. Er spürte, dass diese Energie Johann Trost geben würde. Eine lange Zeit saßen sie so da.

Wieder am See

Johann hob den Kopf. Er saß auf der Bank am See. Noch immer liefen die lautlosen Tränen über seine Wangen.

Er fühlte sich in einer Art verloren und unsagbar schlecht, dass er instinktiv wusste, nur durch das Herauslaufen dieser Endlostränen konnte er dieses Gefühl von Ohnmacht überhaupt nur ertragen.

Der See war verändert. Dunkelgrün lag das Wasser vor ihm. Nur vereinzelt sah er noch Eisplatten die sich darauf bewegten. Er schaute um sich. Aber von den andern Johanns keine Spur.

Es schien, als wäre er hier alleine. Er stand auf und begann am Ufer entlangzulaufen.

Der Nebel hatte sich verzogen. Klar konnte er die Landschaft um das Wasser herum wahrnehmen. Ein schmaler Streifen Gras, so etwas wie ein Trampelpfad, schien um den See herumzuführen. Neben diesem Pfad war es zugewachsen mit Büschen und schier undurchdringbaren Gewächsen und Pflanzen. Er folgte dem Pfad und gab sich seiner Hilflosigkeit hin.

Er wusste in diesem Moment, dass alles was in seinem Leben geschehen war - furchtbar war. Das was ihm angetan wurde, das was er getan hatte.

Und er fand keinen Ausweg außer sich als vollkommen schlecht zu empfinden.

Und so ging er, obwohl er eigentlich gar nicht mehr gehen wollte. Aber er ging.

Er wanderte am See entlang - und ließ seine Verzweiflung geschehen. Die Trauer über sein Verhalten war unsäglich.

Allein das Atmen - schien ihm wohl gesonnen. Das Atmen in ihm hörte nicht auf. Er tat es.

Er hatte nicht die Macht es anzuhalten. Das spürte er.

Während er ging tauchten Fragmente von Bildern vor seinen Augen auf.

Er als Baby, er in diesem Erholungsheim als 3jähriger, er als 5jähriger, nachdem er wieder einmal geschlagen wurde von seinem Vater, er als 10jähriger, wie er seine Geschwister unterdrückte, und dann sah er einen Moment der anders war. Er sah Erna.

Den Moment, als er sie das erste Mal sah. Es war ein anderes Sehen, dieser Moment.

Die vorherigen Bilder waren in Grautönen ge-
zeigt. Doch dieses Bild von Erna war in ein zartes
Rosa getaucht. Er blieb stehen und schaute sie an.
Für einen kurzen Moment tauchte ein Gefühl von
Liebe in ihm auf. Doch ließ er es wieder los. Der
Schmerz über seine Vergehen war zu groß. Er ging
weiter und war vollkommen gefangen im eigenen
Versagen.

Noch immer war es um ihn herum still. Nicht
mal mehr eine Krähe hörte er. Nur seine Schritte
auf dem Gras. Das war alles was er hörte.

Er blieb stehen und schaute um sich. Wo waren
sie - die die zu ihm gehörten. Gerne hätte er jetzt
die Seinen bei sich gehabt. Doch selbst das bin ich
nicht wert zu erleben, dachte er und ging weiter.
Ich bin ein Nichts und das zeigt sich, dass sogar
die Anteile meines Menschseins von mir gehen.
Schwer waren die Schritte die er ging.

Schwer war das Erfahren, dass er vollkommen
alleine nun hier herumlief.

Nichts war da außer ihm und das Wasser und
Gras und Büsche. Johann schaute erneut um sich.
Ein Stück weiter sah er, dass die Büsche neben
dem Trampelpfad sich lichteten. Es sah aus als
würde dort ein Weg vom See wegführen. Er ging
weiter und kam an eine Abzweigung.

Er konnte jetzt weiter den Pfad entlang gehen oder nach links einem kleinen Weg folgen, der durch dieses Buschwerk führte. Weit hinten sah er Bäume. Er bog auf den Weg, weg vom See ein. Und wanderte auf die Bäume zu.

Als er näher herankam sah er, dass unter diesen Bäumen Hütten standen. Viele Hütten. Doch wirkten sie verlassen. Nichts war zu sehen. Die Landschaft lag in einem Schweigen vor ihm. Er ging auf eine der Hütten zu. Sie wirkten stabil gebaut, einfach, aber fest in sich verankert. Er öffnete die Tür und trat ein. Drinnen war es dunkel. Die Fensterläden waren geschlossen. Er ging und öffnete die Läden und ließ das Tageslicht herein, dann sah er sich um.

Es stand ein Bett darin, ein Tisch, zwei Stühle, ein Kamin war an der einen Wand, daneben lag Holz. An der anderen Wand sah er ein Regal auf dem Brot, Käse, eine Flasche Wein und ein Glas stand. Auf dem Tisch waren ein Holzbrett, ein Messer und ein Glas. Er ging zu dem Kamin und sah auf dem Sims Zeitungspapier und Streichhölzer liegen. Kurz überlegte er, was er nun tun sollte. Dann entschied er sich, zunächst hierzubleiben und ein Feuer zu machen. Nachdem er den Kamin angefeuert hatte, nahm er das Essen und den Wein und setzte sich an den Tisch. Er füllte das Glas und trank mit einem Schluck das Glas leer. Er spürte

sofort wie die Wärme seinen Körper durchzog. Er schnitt ein Stück Brot und Käse ab und aß. Wieder schenkte er sich ein Glas ein. Und wieder trank er es in einem Zug. Dann lehnte er sich auf dem Stuhl zurück und schaute in das Feuer. Zunächst merkte er es nicht, aber die Tränen hatten aufgehört zu laufen.

Er weinte nicht mehr. Johann füllte erneut das Glas mit Wein. Er nahm es in die Hand und betrachtete die Farbe des Weines. Blutrot und schwer empfand er das, was er sah. Und er spürte so etwas wie Wut in sich hochsteigen. Er trank wieder in einem Zug das Glas leer und stellte es mit Nachdruck auf den Tisch.

Wie konnte es sein, dass sein Leben diesen Verlauf genommen hatte.

Wie konnte es sein, dass er von Anfang an in so lieblosen Verhältnissen leben musste.

Wie konnte es sein, dass Andere ihm so Furchtbares antaten.

Wie konnte es passieren, dass er ein so unsäglich schlechter Mensch gewesen war.

Johann empfand ein Gefühl von absolutem Nichtverstehen. Und er bäumte sich innerlich auf als könnte er das negative Gefühl in sich nicht anders bewältigen als jetzt alles um ihn herum kurz und klein zu schlagen. Er schaute auf das Feuer.

Und er empfand fast Zuneigung für die Flammen. Ja. Das war er - Genauso hatte er gelebt. Alles um ihn herum hatte er verbrannt und zerstört. Aber warum !!! - Er begann zu sprechen:

»Feuer! Sag mir, warum habe ich mein Leben auf diese Weise verbracht? Warum musste ich dies alles erleben? Was habe ich verbrochen, dass ich solch ein Mensch wurde«.

Johann wurde immer lauter. Er schrie seine Wut, die sich Wort für Wort steigerte, heraus. Dabei schaute er in die Flammen, die sich nur wenig darum scherten was Johann ihnen zu sagen hatte. Noch einmal füllte er das Glas. Die Flasche war nun fast leer. Und wieder trank er dieses in einem Zug. Und wieder wärmte ihn der Wein. Und wieder führte es dazu dass er noch tiefer seinem Zorn Luft machte.

Plötzlich hörte Johann Schritte hinter sich. Er drehte sich um. In der Tür stand eine Frau. Sie war mittelgroß, schlank und ca. 50 Jahre alt. Langes, welliges Haar umrahmte ihr Gesicht. Sie grüßte Johann freundlich und setzte sich zu ihm an den Tisch.

»Hallo Johann, ich bin Elisabeth. Ich denke, Du brauchst mich, deshalb bin ich gekommen. Ich habe einen langen Weg hinter mir, meinst Du, Du könntest mir ein Glas holen, damit wir etwas gemeinsam trinken können«?

Johann stand auf und holte das Glas vom Regal. Elisabeth öffnete ihren Rucksack und holte eine große Flasche Wasser heraus. Sie öffnete die Flasche und schenkte beide Gläser voll. Dann sagte sie: »Johann der Wein war gut für diesen Moment. Doch bitte ich Dich nun das Wasser zu trinken«. Sie nahm ihr Glas in die Hand und prostete Johann zu. Johann nahm das andere Glas und nickte Elisabeth zu, dann trank er - auch dieses - in einem Zug leer. Noch immer war er innerlich voller Wut und Zorn. Er spürte wie das Wasser sich in ihm ausbreitete. Auf seltsame Art.

Er spürte noch immer die Wut über sein Dasein auf der Erde - aber er hatte plötzlich das Gefühl, dass vielleicht nicht er schuld hat an seinem gelebten Leben - sondern ein Anderer. Der, der ihn gemacht hat. Der, der die Welt erschaffen hat. Der, der das Universum mit Leben versorgte.
»Wie kann es sein, dass - Der, der über allem steht - mich dieses Leben erleben ließ«?
Johann schaute Elisabeth direkt in die Augen.
»Wie kann das sein? Dass Er das alles zuließ? Warum musste ich das erleiden was mir geschah und warum wurde ich selbst zu einem Monster, das andere quälte und unterwarf.
Warum hat er es zugelassen, dass ich meine eigenen Kinder missbrauchte und verantwortlich bin,

dass meine Tochter sich das Leben genommen hat. Warum? Es kann nicht sein dass dieser - Er - ein Guter ist. Er ist es nicht wert, dass man in ihm Halt und Hilfe sucht.

Er hat nicht den Inhalt, den alle Welt predigt. Niemals hat er mit mir gesprochen. Vor unendlicher Zeit schon habe ich aufgegeben nach ihm zu suchen. Denn es konnte ihn nicht geben für das, was er zugelassen hat. Er ist ein Trugschluss«.

Johann stand auf und legte Holz auf das Feuer. Elisabeth lehnte sich in ihrem Stuhl zurück, und schaute Johann an.

»Weißt Du Johann, es ist eine lange Geschichte. Wenn Du den Lauf der Welt betrachtest und zurückgehst bis an den Beginn des Menschseins, wirst Du es vielleicht verstehen. Erinnere Dich an das, was Dir erzählt wurde über den Baum und den Apfel, über die Schlange, und den Mann und die Frau. Über die Landschaft, in der sie lebten bis zu dieser Zeit. Über das unbesorgte Sein in dieser Umgebung, wo alles, was sie brauchten, gegeben war. Und über die Stimme die über sie kam und die sagte: »Ich gebe Euch die Freiheit zu wählen. Entscheidet Ihr Euch - diesen Apfel zu essen - werdet Ihr auf Euch gestellt sein. Ihr werdet Euer Dasein selbst bestimmen und Ihr werdet selbst entscheiden über das, was Ihr tut. Ich gebe Euch die Freiheit alles zu erhalten und jegliches zu

erfahren, was immer auch in Euch wohnt. Ihr werdet das Gute erfahren und das Böse. Ihr werdet das Licht sehen genau wie das Dunkel. Ich werde Euch schauen lassen in die Gesamtheit des Seins. Doch seid gewiss in Euren Herzen - Ich bin bei Euch - auch wenn ich Euch erscheine - weit entfernt. Ihr seid aus meinem Blut gemacht und ich bin ein Teil von Euch und Ihr seid ein Teil von mir. Ich werde bei Euch sein - egal wie finster die Nacht auch sein mag. Ich werde euch behüten - auch wenn Ihr glaubt, Ihr seid verlassen. Ich gebe Euch die Wahl und ich weiß, Ihr werdet ankommen. Auf Eurem Weg, den Ihr einschlagt, jeder für sich, in jeglicher Form. Ich werde Euch halten - vergesst das nicht. Denn ich bin der, der Euch in Liebe gezeugt hat. Und meine Boten werden da sein - wenn Ihr sie braucht. Sie werden Euch begleiten auf all Euren Wegen. Ich werde durch sie zu Euch sprechen wenn Ihr meinen Rat denn braucht. Ich erlaube Euch zu sein und zu sehen, was ich sehe. Denn Ihr seid ein Stück meines Selbst. Ihr werdet sein, was ich bin - denn ich bin bei Euch. Vergesst das nicht«.

Johann schaute ins Feuer. Wieder stieg Zorn in ihm hoch. Was sollte das. Was will diese Elisabeth

ihm damit sagen. Dass er als Mensch - die freie Entscheidung hatte? Dass er sich entschied - ein schlechter Mensch zu sein?

»Wie kannst Du zu mir sagen - ich habe das entschieden? Wie kannst Du nur? Glaubst Du, es hat mir Freude gebracht - dieses Leben? Glaubst Du das??? Es ist ein leichtes zu sagen - Du hast die Wahl. Ich würde diesen - Er - am liebsten zum Teufel jagen – dafür, was er in dieser Selbstherrlichkeit von sich gibt. Nichts davon stimmt! Er war nicht da! Niemals! Ich wurde geschändet und ich folgte dem was mir geschah - mein Leben lang- indem ich schändete. Alle, die bei mir waren. Das kann nicht der Sinn von Freiheit sein«.

Johann goss sich den Rest des Weines in sein Glas. Er trank es aus und schaute Elisabeth fordernd an. Elisabeth hatte ihm ruhig zugehört. Und holte nun aus ihrem Rucksack einen Würfel hervor. Sie legte ihn auf den Tisch. 3 Punkte waren auf der Oberseite. Sie sagte: »Weißt Du Johann, das mit der Entscheidung der Menschheit, die Freiheit zu leben, beinhaltet alles. Das Gute und das Schlechte. Das mögliche Leben und den Tod. Die Möglichkeiten des Seins stehen jedem Menschen offen und jeder macht das, was er zu leisten im Stande ist. Die Seelen, die sich die Körper wäh-

len und damit die Leben, die sich daraus erschließen, sind bewusst angenommen, schon bevor eine menschliche Existenz entsteht. Jede Seele hat genau wie der körperliche Mensch die Wahl. Und manche Seelen, so wie auch Deine, wählten einen schweren Weg auf der Erde. Um eben diese Erfahrungen zu machen. Und um sich daraus weiter zu entwickeln in Ihrer Selbstentfaltung. Denn durch das Entwickeln ihres Selbst kommen sie Stück für Stück ihrem Schöpfer näher. Das Erleben im Dies und Lebensseits lässt sie aufsteigen in die Unendlichkeiten des Universums. Der Unterschied der Seelen und des körperlichen Menschen liegt in der Gewissheit. Seelen wissen um die Berechtigung der Freiheit. Und sie wissen um das Gehaltenwerden unseres Schöpfers. Nur deshalb ist es ihnen möglich in den Menschen zu wohnen. Und all das zu tragen was die Freiheit an Möglichkeiten bietet«.

Elisabeth nahm den Würfel in die Hand und sagte zu Johann: »Ich werde Dir nun ein Beispiel zeigen damit Du verstehst - den Unterschied zwischen mir, einem Geistwesen, einem Boten unseres Schöpfers und Dir, einer Seele, die Ihre Entwicklung vorantreibt. Nenne mir eine Zahl zwischen 0 und 1000«.
Johann schaute Elisabeth an und wunderte sich. Wollte sie jetzt Würfelspiele machen? »Ok. 357« sagte Johann.

Elisabeth würfelte. Die Zahl die auf der Oberseite des Würfels zu sehen war - Johann staunte: 357.

»Noch eine Zahl bitte«, Elisabeth nahm erneut den Würfel in die Hand. » 6« sagte Johann. Wieder würfelte Elisabeth und auf der Oberfläche war die 6.

»Nun möchte ich dass Du dir die Zahl denkst«. Elisabeth nahm wieder den Würfel in die Hand. Johann dachte: 297. Wieder würfelte Elisabeth. 297 war oben zu lesen. Sie wiederholte dies noch mehrere Male, dass Johann sich die Zahl denken sollte und sie dann würfelte. Und jedes Mal erschien die Zahl auf dem Würfel.

»Verstehst Du Johann, das ist der Unterschied zwischen Euch und uns. Ihr seid auf dem Weg, um in eurer Entwicklung das zu erleben und wahrnehmen zu können was wir schon erlangt haben. Vom Grundsatz sind alle Wesen des Universums gleich angelegt, nur durch die Möglichkeit der freien Entfaltung - ist eben auch ein sich nicht Bewegen - sich nicht Entwickeln - eingeschlossen. Und damit auch das wieder und wieder Erleben einer Situation oder Erfahrung wenn es nicht verstanden und in den Geist integriert wird. Erst wenn Schritt für Schritt der Prozess der Entwicklung voranschreitet und sich nach und nach Dinge von selbst erklären, weil der Geist gelernt hat, erst dann ist eine Seele befähigt den Umstand der Freiheit zu begreifen«.

Johann schaute Elisabeth an: »Du willst mir damit sagen, dass meine Seele sich dieses Erdenleben ausgesucht hat? Das sie erleidet und Leiden bringt, so wie ich es getan habe? Dass es in mir gewohnt hat, diese Erfahrungen in meiner Lebenszeit zu machen? Das ist ein sehr starkes Stück an Verständnis - was Du mir da abverlangst. Darüber muss ich nachdenken«.

»Das kannst Du Johann, Du hast alle Zeit die Du brauchst. Ich werde Dich jetzt verlassen, doch glaube mir, wir sehen uns wieder. Das Wasser lasse ich Dir hier. Egal wo Du hingehst, nimm diese Flasche mit Dir, sie wird nicht versiegen, sie wird immer Deinen Durst löschen. Und Dich versorgen mit allem was Dir fehlt«.

Elisabeth stand auf, nahm ihren Rucksack und legte Johann noch einmal die Hand auf den Rücken. Wieder floss diese violette, heilende Energie in Johann hinein. Es breitete sich in ihm aus und versetzte ihn in einen Zustand der Ruhe und Ausgeglichenheit. Entspannt saß er da und schaute in die Flammen, die neues Holz bekommen hatten, nur konnte sich Johann nicht erinnern, dass er oder Elisabeth Holz nachgelegt hätten. Elisabeth löste ihre Hand und ging zur Tür.

»Auf Wiedersehen Johann«, sagte sie und ging. Johann saß am Feuer und dachte über all das nach was Elisabeth ihm erzählt hatte. Es war auf eine

Art - nahe seinem Innersten - und doch auch entfernt wenn er sich an all seinen Schmerz erinnerte. Es war sonderbar. Eigentlich verstand er, was sie sagte, und wenn jemand anders ihm das alles erzählen würde - dann wäre seine Reaktion vielleicht sehr einfach gewesen. Ja. So kann es sein. Die Entwicklung der Menschen und das Aufsteigen der Seelen. Und das vorherige Bestimmen eines Weges, das diesem zugrunde liegt. Ja. Bei jemand anders hätte er die Toleranz es zu bejahen. Doch saß der Schmerz noch tief in ihm und so zweifelte er dies alles für sich selbst an. Er entschied sich, die Hütte zu verlassen und seinen Weg am See fortzusetzen. Er nahm die Flasche Wasser vom Tisch und ging zur Tür.

Draußen hatte sich die Umgebung verändert. Es schien als wäre es Frühling geworden.

Die Vegetation zeigte sich in frischem Grün, kleine Blumen in vielerlei Farben spitzten überall um ihn herum aus dem Gras oder den Büschen hervor. Es summte und surrte um ihn herum. Viele Insekten, Vögel und eine große Zahl an Schmetterlingen kreuzten seinen Weg zurück Richtung See. Von Kälte oder Winter war keine Spur mehr zu sehen.

Als er in der Nähe des Sees angekommen war hörte er Gelächter. Er ging etwas schneller um zu

sehen wer dort war. Und dann sah er sie. Eine große Tafel war aufgebaut. Mehrere Tische hintereinander waren auf den Trampelpfad gestellt und gerade schleppten einige Johanns Stühle heran, dass auch alle die teilnahmen einen Platz haben würden. Die Kinder sammelten Blumen für die Tischdekoration.

Drei Johanns kamen gerade aus den Büschen und hielten große Körbe mit Salzgebäck in den Händen. Andere stellten Gläser auf jeden Platz. Johann sah dies alles und freute sich. Da waren sie. Seine Ichs. Alle vereint. Und sie waren in einer Stimmung die ihm sehr gefiel.

Er trat hinzu in diesen Kreis und setzte sich auf einen Stuhl.
»Hallo«, sagte er: Wie ihr seht, ich bin wiedergekommen«.
Hinter ihm hörte er die Stimme des 9-Jährigen.
»Hallo Johann. Wir sind alle sehr glücklich, dass Du wieder bei uns bist. Und wir wollten Dich für diesen Moment gebührend begrüßen, wie Du siehst«. Dann kam er zu Johann und legte ihm das Baby in die Arme. Alle setzten sich an die Tafel. Die Körbe mit Salzgebäck wurden herumgereicht und jeder nahm sich etwas heraus. Alle saßen da und aßen. Und es herrschte eine fröhliche Stimmung. Johann sah die Gläser, aber er sah nirgendwo Wein oder Wasser oder sonst ein Getränk. So

holte er die Flasche mit dem Wasser hervor und sagte:

»Ich traf eine Frau, die gab mir diese Flasche mit Wasser. Soviel wie wir sind wird sie nicht für alle reichen, aber ich würde sagen - die Kleinsten fangen an und gießen sich ein. Und da wo es endet, werden wir damit leben müssen. Es ist halt nur ein knapper Liter den ich zu geben habe«.

Er reichte die Flasche in die Runde am Tisch und wie er es gewünscht hatte, begann es mit den Kleinsten. Jeder bekam ein Glas des Wassers. Nachdem das 7te Glas ausgeschenkt war, stutzte Johann. Die Flasche schien tatsächlich unerschöpflich mit Wasser gefüllt zu sein. Jedes Glas wurde gefüllt. Und auch das Glas von Johann selbst. Als er die Flasche auf den Tisch stellte war sie halbvoll. Alle prosteten sich zu und tranken.

In diesem Moment erkannte Johann, dass diese ganzen Johanns seine Ichs - nicht voll des Zornes waren weil er in dieser Art und Weise sein Leben gelebt hatte. Sie waren jeder für sich zwar Teile seines Schmerzes und seiner Verzweiflung und Ohnmacht dem Leben gegenüber, doch waren sie gefüllt und getragen inmitten einer Hoffnung. Der Hoffnung, dass sie sich zusammen irgendwann in Johann selbst vereinigen werden. Und zuhause angekommen sein werden. Johann schaute in die Runde und sagte:

»Ich möchte mich bei euch entschuldigen für all das, was mit uns geschehen ist. Es war nie in meiner Absicht gelegen Euch dies anzutun«.

Der 9-jährige stand auf und sagte:

»Johann, Du musst Dir um uns keine Gedanken machen. Wir sind das Produkt Deines Lebensgeschehens und wir haben deshalb hierher gefunden weil Du uns erlaubt hast diesen Ort zu finden.

Es war der Weg für uns um aus den Erfahrungen die wir durchlebten herauszukommen.

In Sicherheit. Und wir waren alle hier an einem sicheren Ort.

Auch wenn es meist kalt war und der See gefroren, so war es doch ein Ort des Friedens - und nichts Böses konnte hier Zuspruch erlangen.

Und heute an diesem wunderschönen Tag werden wir endlich mit Dir vereint sein. Und das ist für uns ein großer Moment«. Der Junge hob sein Glas und prostete in die Runde:

»Ich trinke auf Johann. Der endlich zu uns gefunden hat - und niemals wieder werden wir getrennt sein. Denn Johanns Seele wird nun ein Ganzes sein«.

Im nächsten Moment war Johann allein am See. Die Tafel war weg. Stattdessen stand da ein kleiner Tisch. Die Stühle waren weg bis auf einen, auf dem Johann saß. Es stand ein Glas auf dem Tisch und

die Flasche Wasser. Er fühlte sich so wie er sich nie
zuvor gefühlt hatte. Er fühlte sich ganz. Alles was
er dachte, er hätte es verloren in sich, war wieder
da.

Johann und der Schmerz II

Johann schaute sich um. Er war wieder zurück auf der Wiese. Jeremiah lief gerade ein Stück weiter vorne auf eine Gruppe von Bäumen zu. Johann hörte Wasser rauschen. Er folgte Jeremiah und sah als er ihn eingeholt hatte, dass sie an einem Bach angekommen waren. Die Sonne spiegelte ihr Licht schimmernd auf die Steine, die vom Wasser umspült wurden. Wunderschöne blaue Libellen schwirrten über das Wasser. Jeremiah setzte sich auf einen Stein.

»Wie ist es Dir ergangen«? fragte er Johann. Johann setzte sich ebenfalls und sagte:

»Ich habe erkannt - und gesehen. Vieles was meine Seele in meinem Leben durchlebt hat und, dass dies zu einem Verlorengehen meiner Schmerzanteile geführt hat. Doch habe ich diese Anteile nicht wirklich verloren. Denn ich habe sie hier wieder gefunden. Und ich habe mich mit diesen wieder vereint. Es ist als wäre ich innerlich ein Stück nach Hause gekommen. Auch habe ich eine Frau getroffen, die mir aufgezeigt hat, was es bedeutet das Erleben meines Lebens zu verstehen. Doch bin ich dazu noch nicht bereit. Denn die Schuld, die noch immer in mir wohnt, belastet mich schwer. Noch immer spüre ich das Verbrechen an Unschuldigen

was ich getan habe. - Und ich habe mit großem Schmerz das Unglück erfahren, welches meinem Enkel zuteil wurde.

Jeremiah legte seine Hände in das Wasser. Johann konnte sehen, dass sich das Wasser um Jeremiahs Hände farblich veränderte. Magenta strömte aus seinen Händen heraus und ging über in das kristallklare Blauweiß des Wassers. Johann setzte sich neben Jeremiah. Er zog seine Schuhe und Strümpfe aus und stellte seine Füße ins Wasser.

»Ich bin mir einfach nicht sicher ob ich das einfach alles so stehen lassen kann. Dass sich ein Opfer diesen Part selbst aussucht. Um eben genau dies zu erleben. Es widerstrebt mir, das glauben zu wollen«. Johann schaute Jeremiah an:

»Ich verstehe Dich. Es ist schwer das von Opfern selbst zu erwarten. Es ist für Menschen schon schwer, die nicht dieses Erleben teilen, aber für Betroffene muss es noch wesentlich schwerer sein das anzunehmen. Gib Dir die Zeit, die Du brauchst, um das Ganze bei Dir ankommen zu lassen«. Jeremiah legte wieder seine Hand auf Johanns Rücken. Und wieder ging diese heilende Kraft auf Johanns Körper über.

Dann stand Jeremiah auf und sagte: »Johann, Du solltest Dich jetzt bereit und auf den Weg machen. Gehe diesen Weg nun allein weiter. Du wirst jemanden treffen den Du brauchst«.

Johann trifft Frieda

Johann schaute sich um. Jeremiah war weg. Er war allein hier am Bach. Er zog seine Socken und Schuhe an und stand auf. Er schaute um sich. Hier an diesem Platz konnte er zunächst nicht sehen ob irgendwo ein Weg weiterführte den er gehen könnte. Er stieg über den Bach hinweg und ging durch hohes Gras weiter. Nach einiger Zeit sah er, dass hinter diesem kleinen Wald, in dem er sich befand, ein Weg weiterführte. Ein großer breiter Weg. Er lief in diese Richtung. Es war etwas seltsam für ihn, dass er plötzlich hier in dieser Landschaft alleine unterwegs war. Bisher war Jeremiah sein Begleiter gewesen. Doch der war nicht mehr zu sehen. Er dachte, während er diesem Weg folgte, an all das, was ihm bisher nach seinem Tod begegnet war. Und er war mit vielem in sich ins Reine gekommen. Und er hatte bis zu diesem Zeitpunkt viel verstanden was das Sein ausmacht. Doch wusste er auch, dass er noch einiges in ihm - nicht verstand - und nicht akzeptieren wollte was geschehen war. Diese Gedanken kosteten ihn sehr viel Kraft. Und er fühlte sich zunehmend erschöpft.

Er machte Halt und setzte sich auf den Boden. Er nahm die Flasche mit dem Wasser und trank einen großen Schluck. Dann legte er sich zurück

und schaute in den Himmel. Nach einer Zeit fielen ihm die Augen zu und er schlief ein.

Als er wieder erwachte war er an einem Ort, der ihm mehr als fremd erschien. Er saß auf einer großen Terrasse. Hinter ihm ragte ein riesiges Haus empor. Vor ihm lag ein Garten mit einem großen Swimmingpool. Dahinter konnte er einen endlos wirkenden Strand erkennen und das mitternachtsblau schimmernde Meer. Er saß auf einer Gartenliege im gleißenden Sonnenlicht. Und es war heiß. Er stand auf und stellte sich unter einen Sonnenschirm, der eine Gruppe von Sesseln beschattete. Wo war er hier? fragte er sich. Johann holte wieder die Flasche hervor und trank. Er war überrascht wie frisch und kühl das Wasser war. Dann machte er sich auf den Weg. Er ging einige Treppenstufen hinunter in den Garten und durchquerte ihn. Er bestaunte dabei die Vielzahl von Pflanzen, die hier wuchsen und von einem perfekten Gärtner gepflegt wurden, das konnte er sehen. Durch ein Holztor gelangte er an den Strand. Er blieb stehen und schaute nach rechts und links. Endlos und sehr breit lag der gelbweiße Sand vor ihm. Er war umsäumt zur Landseite hin von Bäumen und Palmen. Johann entschied sich, den linken Weg zu nehmen und wanderte im Schatten der Bäume entlang. Er hörte nichts als das Meeresrauschen

wenn die Wellen gemächlich auf den Strand trafen. Zwischendurch machte er immer wieder halt und trank von dem nach wie vor kühlen und frischen Wasser aus der Flasche, die Elisabeth ihm gegeben hatte. Ein ganzes Stück weiter vorne sah er unter den Bäumen ein kleines Haus stehen. Und vor diesem Haus unter einer Palme sah er, dass da irgendjemand war. Er sah eine Frau oder ein Mädchen das mit einem Hund spielte. Je näher er kam um so mehr erkannte er was die beiden machten. Die Frau warf ein Stück Holz und der Hund lief im selben Moment los und holte den Stock. Dann brachte er ihn postwendend zurück und legte ihn ihr wieder vor die Füße. Johann blieb stehen und schaute diesem Spiel zu. Unendlich ausdauernd schien der Hund dieses Spiel zu genießen. War die Frau mal nicht schnell genug, hörte Johann ein lautes und forderndes Bellen. Die Frau lachte und rief dem Hund zu: »Sammy, es ist gut jetzt. Wir spielen später weiter«! Sie wartete bis der Hund zurückkam mit seinem Stock, und ihn vor ihr ablegte, dann nahm sie den Stock und sagte: »Nein. Jetzt ist es genug« und legte ihn auf den Fenstersims des Hauses. Sie ging in das Innere des Hauses und kam kurze Zeit später mit einem großen Glas, gefüllt mit einem Getränk, zurück nach draußen. Sie setzte sich auf ein Sofa das unter einer Palme stand und schaute Richtung Meer. Der Hund legte

sich zu ihr. Johann war nun nahe genug herangekommen. Er konnte Einzelheiten erkennen. Und er
begriff dass diese Person da auf diesem Sofa. - seine Tochter war -. Frieda. Das Mädchen, das er geschändet und in den Tod getrieben hatte. Mit gerade einmal 15 Jahren. Johann schluckte. Und es
begann wieder. Er spürte, dass das Atmen ihm
schwerfiel. Sein Körper verlor an Kraft und wollte
in sich zusammen sacken. Er setzte sich auf die
Erde und holte wieder die Flasche hervor. Er setzte
sie an und trank und trank. Kühl und frisch lief
das Wasser seine Kehle hinunter. Und von Schluck
zu Schluck spürte er wie seine Atmung sich wieder
veränderte. Sie wurde ruhiger und wieder tief.
Und sofort spürte er wie die Energie in ihm wieder
floss. Wie er sich wieder groß und breit fühlte.

»Du darfst herkommen Vater«. Frieda stand vom
Sofa auf und ging einige Schritte auf Johann zu.
Der Hund hob seinen Kopf und begann mit dem
Schwanz zu wedeln. Doch er blieb an seinem Platz
vor dem Sofa liegen. Johann schaute Frieda an. Er
stand auf und ging ebenfalls einige Schritte auf sie
zu.
»Wie gefällt Dir mein Paradies«? Frieda breitete
ihre Arme aus und drehte sich langsam im Kreis.
»Ich habe es mir erschaffen, genauso wie ich es
mir vorgestellt habe. Möchtest Du Dich zu mir

setzen«? Frieda machte eine einladende Handbe-
wegung, dass Johann sich zu ihr aufs Sofa setzen
sollte. Johann nickte und beide setzten sich. Der
Hund stand auf und ging schwanzwedelnd zu
Johann und schnupperte an seiner Hose. Dann
legte er seinen Kopf auf sein Knie. Johann streichelte den Hund. Er schaute Frieda direkt an und
sagte:

»Frieda. Es tut mir so sehr leid. Ich weiß was ich
getan habe. Ich wünschte, ich könnte das unge-
schehen machen. Es ist so furchtbar was ich getan
habe«. Johann sagte das, und senkte den Kopf. Er
hörte auf den Hund zu streicheln. Doch Sammy
wollte das nicht. Er stupste Johanns Hand mit seiner Nase an und zeigte ihm: »Hey - hör nicht auf!
Mach weiter! Kraule mich«. Johann schaute den
Hund an. Und seine Hand begann weiter diesen
zu streicheln.

»Dein Hund weiß aber genau, was er will«, sagte
er und lächelte.

»Ja. Das tut er. Weißt Du Vater, er ist mein treue-
ster Begleiter. Ich habe in mir eine tiefe Verbindung zu ihm. Doch hier in diesem Dasein ist jeder
ein Willkommener. Und die Berechtigung eines
Hundes muss nicht mehr das Wachen oder Be-
schützen sein. Er ist einfach nur das, was alle ehemaligen Menschen oder Tiere sind. Ein Freund,

der dir nahe steht ohne Dich zu erdrücken, er lebt sich selbst in der freien Entscheidung des Miteinanders. Und er wird nur aufdringlich wenn er das Gefühl hat, dass jemand wie Du jetzt in irgendeiner Form ein Defizit an Zuneigung hat. Dann überzeugt er Dich solange bis Du das kapierst und annimmst. Er kann da sehr ausdauernd sein«.

Frieda legte Johann ihre Hand auf seinen Arm.

»Vater, ich weiß, dass Du Dir furchtbare Vorwürfe machst. Ich weiß, dass Du glaubst dass Dein Verhalten unverzeihlich ist. Aber schau mich an. Schau den Ort an, an dem Du bist. Siehst Du etwas an mir oder um mich herum was dies, Deine Gedanken unterstützt? Es ist eine Umgebung der Entspannung - es ist ein Ort des Friedens. Und ich sitze vor Dir - und lächle Dich an. Es geht mir gut, Vater. Sieh mich an und entscheide neu«.

Johann spürte einen Anflug von Dankbarkeit in sich. Er schaute Frieda in die Augen und er sah gütige Augen, in denen ein Lächeln wohnte. Doch sah er auch die Zeit auf der Erde vor sich. Und wie diese Augen ihn damals anschauten. Angstvoll und dunkel. Vorsichtig und voller Scham. Er schluckte schwer bei diesen Bildern.

»Ich verstehe nicht wie Du das alles hinnehmen kannst. Wie Du mir in dieser freundlichen Art jetzt

begegnen kannst. Ich habe Dich gebrochen. Und Dich dazu gebracht Dein Leben auf eine schreckliche Art zu beenden. Ich schäme mich im Tiefsten meines Seins«.

Johann begann wieder still zu weinen. So wie schon ein paarmal jetzt in diesem Seinszustand liefen die Tränen aus seinen Augen über seine Wangen. Frieda sagte zu Sammy, er solle sich jetzt von Johann weglegen. Der Hund tat wie ihm geheißen, kam kurz zu Frieda und ließ sich streicheln, dann machte er sich auf und lief zum Wasser, um zu schauen ob vielleicht ein neuer Stock irgendwo angespült war, den er dann Frieda bringen konnte. Dann stand sie auf, kniete sich vor Johann auf die Erde, und legte ihre Hände auf seine Knie.

»Vater, Du hast doch die Antworten darauf schon erhalten. Es wurde Dir alles erklärt. Ich bin gut da angekommen wo ich nun bin. Und ich habe sehr schnell das Geschehen verinnerlicht. Es war mein Weg, den ich zu gehen hatte, den meine Seele wählte um diese Erfahrungen zu machen. Es war ein sehr schwieriges Sein für mich auf der Erde. Und ich habe die Erinnerung dieser Erfahrungen an einem besonderen Ort verwahrt. Als ich in meinem neuen Sein ankam, war ich genau wie Du an einem Punkt, an dem ich nicht verstand. Doch habe auch ich Hilfen erhalten, die mich hielten und

führten um zu verstehen. Und ich erlebte eine Erlösung meines Selbst als ich das angenommen hatte. Heute empfinde ich tiefe Ruhe und Entspannung in mir, denn ich weiß nun dass ich gehalten wurde von Anfang an. Ich trage keinen Zorn in mir, ich lebe in der Vergebung und des Annehmens. Und ich werde auf meiner weiteren Reise, die ich zu gehen habe, andere Geschehnisse erleben um weiter meine Seele zu entwickeln. Ich habe Dir vergeben Vater denn ich habe verstanden, dass Du in Dir nicht anders handeln konntest«.

Frieda umarmte Johann.

Johann erstarrte für einen Moment als Frieda ihn in die Arme nahm. Doch sie verstärkte den Druck ihrer Arme und mit jedem Moment der verging, löste sich die Anspannung in ihm und er legte vorsichtig seine Arme um sie. Und sein Weinen veränderte sich. Sein Körper begann zu zucken. Die Tränen sie liefen noch immer aber es war, als würde sein ganzer Körper weinen. Seine Stimme, sein Bauch, seine Arme und Beine. Johann weinte und das erste Mal bewegte sich dabei der ganze Körper. Sie saßen lange so da. Frieda hielt ihn fest und Johann gab sich ganz seiner Verzweiflung und seinem Schmerz hin. Irgendwann wurde Johann ruhiger. Seine Atmung verlangsamte sich, das Zucken hörte auf. Er hob den Kopf und schaute Frieda in die Augen:

»Ich danke Dir«, sagte er.

Frieda löste ihre Umarmung und stand auf. Sie lächelte Johann an und fragte ihn, ob er mit ihr etwas trinken wollte. Johann bejahte und sie ging ins Haus.

Johann lehnte sich zurück. Er atmete tief nach innen und schaute auf das vor ihm liegende Meer. Eine tiefe Ruhe war in ihm. Er fühlte sich zwar erschöpft, doch auch so gut - wie noch nie zuvor -. Er hatte verstanden. Er wusste in diesem Moment, dass sein gesamtes Erfahren und seine Entwicklung, die er gemacht hatte in seiner Lebenszeit einem tieferen Sinn zu Grunde lag. Und er hatte diesen Sinn nun in sich aufgenommen.

Er spürte das Gehaltenwerden und das Eingebettet sein im großen Geschehen des Universums. Er fühlte in sich eine neue Kraft, die sich speiste aus allem, was ihn umgab. Die sich erlebte mit jedem Atemzug, den er tat. Er war in diesem Moment – ein großes Stück nach Hause gekommen -.

Johann und die Vergebung

Johann sah sich um. Er war plötzlich an einem anderen Ort. Der Strand, Frieda, das Sofa auf dem er gesessen hatte, alles war weg. Er befand sich in einem riesigen weißen Raum, der die Größe einer Turnhalle hatte. Alles darin war weiß. Es standen mehrere Sessel und Sofas in diesem Raum verteilt. Kleine Tische mit Gläsern und Karaffen mit Wasser. Auf dem Boden lagen große weiße Teppiche. Riesige Glasfronten zeigten einen atemberaubenden Ausblick auf Berge und Himmel. An den Wänden waren endlose Regale mit Büchern. Alles, aber auch alles, strahlte in einem reinen Weiß. Gegenüberliegend an den Wänden befanden sich zwei Flügeltüren, eine Tür war verschlossen, die andere geöffnet. Johann sah sich um. Er lief an den Regalen vorbei und studierte die Titel der Bücher. Es waren unglaublich viele. Und sie waren ebenfalls alle weiß. Nur wenn er auf eines genauer sah, konnte er plötzlich einen Titel in farbiger Schrift lesen. Er fand Bücher aus allen erdenklichen Sprachen. Irgendwann setzte er sich in der Mitte des Raumes auf ein Sofa, schenkte sich aus einer der Karaffen ein Glas Wasser ein und betrachtete diesen enormen Ausblick auf die Landschaft und den Himmel durch diese Kinoleinwand-großen Fenster. Dann hörte er Schritte. Auf der Seite mit der

geöffneten Tür kam jemand auf diesen Raum zu. Er schaute auf die Tür und dann sah er diesen Mann. Auch er weiß. Die Kleidung, die Haare, der Bart, alles weiß. Zudem strahlte er von innen heraus so hell, dass um ihn ein weißes Feld sichtbar war, das sich mit jedem seiner Schritte mit bewegte. Der Mann kam direkt auf Johann zu und setzte sich ihm gegenüber in einen Sessel.

»Hallo Johann, ich freue mich, Dich nun zu treffen«.

Die Stimme des Mannes war tief und kraftvoll und melodisch zu gleich.

»Ich freue mich auch, es ist ein sehr schöner und friedlicher Ort hier«.

Johann lehnte sich auf dem Sofa entspannt zurück.

»Weißt Du, wer ich bin«? Fragte der Mann.

»Nein. Ich weiß es nicht, aber ich vermute dass Du eine bereits aufgestiegene vollkommene Seele bist«, sagte Johann, und merkte erst jetzt, dass er diesen Mann duzte.

»Ich bin Dein Schöpfer«, antwortete der Mann und schenkte sich ein Glas Wasser ein.

»Du - bist Gott -«? Johann sagte dies und schwieg.

»Ja. Es gibt viele Namen die ich trage. Manche nennen mich Gott, manche nennen mich das Universum, manche nennen mich die Erleuchtung der Spiritualität, um nur einige Möglichkeiten zu nennen«. Gott schaute Johann liebevoll an.

»Und was soll ich jetzt tun? oder sagen? Ich bin etwas verwirrt, entschuldige«. Johann sagte das und fühlte sich mit einem Mal etwas unsicher.

»Johann, Du musst gar nichts tun. Ich möchte nur mit Dir sprechen. Ich bin informiert über alles was Du bereits hier im Jetztsein erlebt hast. Ich weiß, welche Stufen der Erkenntnis Du durchwandert hast. Ich weiß, dass Du Deine Seele verbunden hast mit dem Licht und ich weiß, dass Du die Vergebung Deiner Tochter erfahren hast. Gott schaute Johann in die Augen. Kannst Du jetzt auch mir - und denen, die Dich zu dem machten was Du warst - und Dir selbst vergeben? Bist Du an diesen Punkt gelangt? Oder gibt es noch Antworten die Du brauchst«?

Gott sah Johann fragend an. Johann fühlte noch immer Unsicherheit in sich. Es war schon allein der Umstand hier jetzt mit Gott zusammen zu sitzen, ein eher seltsamer Moment. Er fühlte sich neben ihm - sehr klein und unwürdig -.

»Ich weiß es nicht. Ich bin von vielem erfüllt worden seit ich hier angekommen bin. Doch jetzt, wo ich Dich antreffe, beginne ich erneut zu zweifeln. Du repräsentierst die vollkommene Form was ein Mensch je sein könnte. Und ich werde dadurch mit meiner lebenszeitigen Unfähigkeit konfrontiert. Ich sehe und spüre die Reinheit und Schönheit Deiner Erscheinung. Es ist schwer für mich, dass ich daneben bestehen kann«.

Johann richtete seinen Blick nach draußen auf die Landschaft. Gott schaute Johann nach wie vor liebevoll an.

»Johann, Du bist mein Sohn. Du bist ein Teil meines Selbst. Und Du bist nicht geringer als ich. Ich ertrage das Geschehen der Menschen seit Urzeiten weil sie alle meine Kinder sind. Ich sah und sehe jeden Moment das Grausame was in der Welt existiert. Ich habe niemals Freude daran wenn ich dies tue. Noch unterstütze ich es in irgendeiner Weise. Doch lag und liegt es in der Entscheidung der Menschen, dass sie es wählten. Sie alle, so wie auch Du, erfahren ihr Dasein in der freien Gestaltung ihres Lebens. In der Möglichkeit dieses im Guten oder auch im Schlechten zu verbringen. Die Notwendigkeit der Erkenntnis, das Gute und die Liebe zu erfahren, muss dem Bewusstsein des Negativen gegenüberstehen. Nur so kann echtes Verstehen und Entwickeln in Gang gebracht werden. Durch das Aufeinandertreffen und das Überwinden des Übels beginnen die Seelen zu wachsen und erreichen höhere Dimensionen.

Weil die Entscheidung der Erfahrungen den Weg öffnet um meiner Vollkommenheit nahe zu kommen. Und in meiner Vollkommenheit liegt das Urgesetz des Universums verankert.

Das Bestehen der allmächtigen Liebe, aber auch das Bestehen des Gegenteils, des Unrechts und des Bösen. Nur so kann eine Seele aus der Selbstverantwortung den Begriff Liebe wahrlich verinnerlichen.

Als ich damals zu Beginn den ersten Mann und die erste Frau vor die Wahl stellte entweder für immer geborgen und behütet zu sein, jeglicher Schmerz und jeglicher Verdruss würde nicht existent sein, es würde für sie immer so bleiben wie es ist, oder ihr Dasein in der Selbstverantwortung zu erleben, die Möglichkeit sich selbst weiter zu entwickeln, die alles mit einschließt, von grenzenloser Liebe aber auch grenzenlosem Unheil, da wählten die beiden den zweiten Weg. Das Erfahren von Freiheit und die Möglichkeit der Selbstbestimmung waren näher an ihren Herzen als der Wunsch nach Behütetsein und sorgenfrei zu sein. Vergleicht man dies mit einem Kind ist es von einer durchaus existierenden Logik geprägt. Ein Kind das sich entwickelt, kommt irgendwann an den Punkt wo es sich von seinen Eltern löst. Wo eigene Erfahrungen notwendig werden um diesen Menschen zu entwickeln. Und diese Möglichkeiten beinhalten eben das Gute und auch das Böse. Für mich ist es klar, dass Menschen wie Du, die von

früh an in diese Dramen und den Schmerz hineingeraten und diese vorgelebten Muster verinnerlichen und sogar weiter vorantreiben, einen schweren Weg in ihrer Erdenzeit zurücklegen müssen. Doch habe ich von Anfang an zu Euch gesprochen. Ich habe Euch die Mitteilung auf euren Weg mitgegeben.

Ich bin bei Euch. Für immer. In der dunkelsten Stunde seid Euch gewiss, ich werde Euch begleiten und halten. Ich werde Euch das Licht sein und die Erfüllung. Ich werde Euch unterstützen wenn ihr mich braucht, und ruft. Ich werde Euch nicht verurteilen, egal für welche Tat auch immer, denn Ihr seid meine Kinder, aus meinem Selbst geboren und immer werde ich in Liebe mit Euch verbunden sein. Ich bin kein Richter der über Euch steht. Ich bin euer Vater, der Euch vergibt in meiner grenzenlosen Liebe.

Ich habe mit der Entstehung der Menschheit den Seelenteilen meines Selbst die Möglichkeit erschaffen, sich in sich zu entwickeln um zu meiner Herrlichkeit und Selbstverständnis zu gelangen. Dass es sich so entwickelt, wie es sich seit langer Zeit auf der Welt fortsetzt, dass Gewalt und Krieg vorherrschen, Lieblosigkeit im Umgang miteinander, Hunger und gnadenloses Handeln vieler Menschen untereinander, das war sicher nicht mein Bestreben oder mein Wunsch. Ich habe für Euch

die Erde erschaffen und ließ Euch selbst entscheiden. Und das tut ihr bis heute«. Gott hatte dies alles gesagt, jetzt lehnte er sich bequem in seinem Sessel zurück und lächelte Johann an. Johann wurde während dieser Ausführungen in sich ruhig. Er schaute Gott, seinen überirdischen Vater an und spürte diese Liebe, die von ihm ausging. Die direkt in Johanns Herz Einzug hielt.

Johann und der letzte Zweifel

Gott stand auf und sagte zu Johann:
»Jetzt, mein Sohn, möchte ich, dass Du dich dem stellst was Dein Sein im Hier noch verdunkelt. Ich gebe Dir die Möglichkeit denen zu vergeben die Dich in Deine Isolation brachten. Es wird für Dich und für sie ein Weg der Erlösung sein.

Denn nur in der wirklichen Vergebung - dem echten Verzeihen - liegt die Möglichkeit der inneren Freiheit und des Ganzseins. Es wird die letzten Dunkelheiten in Dir erhellen, es wird für Dich und für sie dadurch nicht vergessen sein, aber es wird euch nicht mehr belasten. Denn ihr werdet euch freigesprochen haben«

Johann hörte dies und eine Spur von Angst zog ein in seinen Bauch. Doch er schaute Gott an und sagte:
»Ich will tun, um was Du mich bittest. Ich will mich denjenigen zuwenden, die mir das Unheil brachten und meine Seele spalteten. Doch bitte ich Dich, bleibe bei mir, dass ich Dich sehen kann. Ich habe Angst, dass es mir sonst nicht gelingt. Es ist etwas anderes, dass ich unsichtbarer Zeuge des Geschehens bin oder ob ich demjenigen tatsächlich gegenübertrete«.

Gott ging zu Johann und legte ihm die Hand auf den Rücken. Johann wurde im gleichen Moment erfüllt mit unglaublich heilender und stärkender Energie. Er spürte wie jede Faser seines Körpers von Licht durchdrungen wurde. Er fühlte ein Selbstverständnis in sich und grenzenlose Liebe. Gott sagte:

»Ich werde bei Dir sein. So wie ich es immer war und immer sein werde. Und heute auch in dieser menschlichen Gestalt weil ich denke, es wird Dich unterstützen«.

Er bat Johann mit ihm zu kommen. Sie gingen auf die geschlossene Tür zu. Als sie näher an die Tür heran kamen, öffneten sich die beiden Flügel lautlos. Gott lief neben Johann und gemeinsam betraten sie einen weiteren Raum. In diesem Raum, der ebenfalls die Größe einer Turnhalle hatte, standen viele Sitzgruppen mit Sesseln und Tischen, Sofas und wieder waren die Wände voll mit Bücherregalen. Johann sah viele ehemalige Menschen, die in Gruppen beieinander standen oder saßen, sich unterhielten oder allein beschäftigten. Es gab lange Tische mit einer Art Buffet auf dem Brot, Käse und Obst und viele Karaffen mit Wasser bereitstanden. Gott bat Johann, in einer Sitzgruppe Platz zu nehmen. Dann ging er auf einen Mann zu der etwas abseits allein in einem Sessel saß und in einem Buch las. Johann konnte

sehen, dass Gott mit diesem Mann sprach. Und er konnte sehen wer dieser Mann war: Sein Vater.

Johanns Vater schaute hoch als Gott ihn ansprach und wendete seinen Blick in Johanns Richtung. Etwas zögernd stand er auf und folgte Gott zurück zu Johann. Gott bat Johanns Vater, sich gegenüber von Johann zu setzen und nahm ebenfalls in einem Sessel Platz. Johann schaute seinen Vater an. Während seiner Lebenszeit war er ihm in einer unglaublichen Selbstverständlichkeit verbunden. Er hatte die Diktatur seiner Erziehung ausnahmslos angenommen und weitergeführt. Und zeitlebens dachte er, das ist gut so. Das, was er aber im jetzigen Sein über sich und sein Leben erfahren hatte, zeigte ihm auch wie schwer dieser Vater auf und in ihm gewirkt hatte. Er war ein Ursprung seines nichtvorhandenen emotionalen Lebens. Er war mit dafür verantwortlich, dass er zu dem wurde was er war. Ein aufoktroyierendes Monster, das sein Umfeld tyrannisierte, gewaltbereit umsetzte was er wollte und keinerlei Rücksicht nahm auf andere.

»Ich weiß nicht was ich sagen soll«.

Johann sagte das und senkte den Kopf. Gott schaute beide an. Johann und seinen Vater. Und er sagte: »Hier seid ihr nun, um euch zu vergeben. Schaut euch in die Augen.

Seht euch genau das Gegenüber an und erkennt die Einzigartigkeit eurer Seelen.

Gebt euch die Möglichkeit den Andern anzunehmen als das was Ihr seid.

Öffnet eure Herzen und euren Geist um das erfahrene Unheil als Entwicklung Eurer Selbst anzunehmen.

Gebt dem Zorn und der Verzweiflung keinen Raum mehr.

Ihr wart beide Opfer, und beide habt ihr eure Bestimmung gelebt.

Doch nun ist die Zeit gekommen wo Ihr beide diese Positionen verlasst.

Eure Seelen sind bereit diese Erfahrungen zu verinnerlichen.

Gebt euch in eurer Ganzheit dem Erkennen hin. Es ist ein schwerer Moment dies zuzulassen. Die Liebe hereinzulassen - und dem Andern sein Nichtvermögen zu verzeihen -.

Steht nun auf, beide, stellt euch gegenüber und berührt euch.

Jeder nimmt eine Hand des Andern.

Ihr könnt sprechen wenn ihr es braucht, doch müsst ihr es nicht.

Lasst eure Seelen zusammen kommen.

Es gibt manchmal Momente da gibt es keine Worte, und nur durch eine Berührung und das Spüren findet eine Kommunikation statt.

Lasst euren Geist, eure Gedanken sprechen und teilt sie mit eurem Gegenüber«.

Gott sagte dies, und schaute beide dabei abwechselnd an.

Johanns Vater erhob sich. Er streckte seine Hand aus. Johann stand ebenfalls auf. Und er nahm die Hand seines Vaters. Beide schauten sich in die Augen. Und beide schwiegen. Johann spürte die Berührung und dieses Gefühl des Nichtfühlen-Könnens wollte sich in ihm breit machen. Er nahm schnell wahr, dass er dabei war, wieder nur sehr flach zu atmen. Und sein Körper fühlte sich klein und ausgedorrt. Er schaute in die Augen, die er so gut kannte. Die ihm alles gezeigt hatten, außer Liebe, Menschlichkeit, Rücksichtnahme und Respekt anderen gegenüber. Es war für Johann fast wie ein Sog. Diese Augen zogen ihn unweigerlich in dieses emotionale Verhalten. Es war wie ein Automatismus.

Johanns Vater war ja schon längere Zeit hier im Jetztsein zuhause. Auch er hatte seine Lebenserfahrungen angesehen, gelernt zu verstehen und war auf der gleichen Ausgangsstufe im Jetzt angekommen wie Johann. Für beide ging es um Vergebung, um dieses erlebte Erdendasein als geschehen anzunehmen und den Raum zu erschaffen, ihre beiden Seelen frei werden zu lassen. Er hatte viele

Gespräche mit Gott geführt. Er hatte genau wie Johann jetzt, seinen Vater getroffen. Und genau wie jetzt, war es der Sohn der zögerte und nicht weiter konnte. Und bei seinem Treffen mit seinem Vater, konnte auch er nur schwer die Vergebung zulassen. Und er stand genau wie Johann jetzt, zwar bereit, aber doch verschlossen da. Sein Vater machte den ersten Schritt. Er nahm den Sohn in den Arm. Und er bat um Verzeihung. Für alles, was er ihm angetan hatte. Und genau wie Johanns Erlebnis mit Frieda ihm die Vergebung brachte durch das Spüren der Körper und das echte Aufeinandertreffen der Seelen, so erging es auch Johanns Vater mit seinem Vater. Und dies setzte sich nun auch fort, hier in diesem Moment. Er ließ Johanns Hand los. Und umarmte seinen Sohn. Durch das Gehaltenwerden löste sich langsam die Anspannung von Johanns Körper. Er teilte Johann sein Versagen mit, sein Unvermögen, ihm in Liebe zu begegnen. Er beteuerte sein Reue und bat ihn zu vergeben, ihm seinem Vater, dass er nicht besser gesorgt hatte für seinen Sohn. Johann begann genau wie bei Frieda zu weinen. Sein ganzer Körper weinte. Er spürte die Umarmung des Gegenübers, nahm die aufrichtige Bitte des Verzeihens wahr - und er begann dieses Gefühl der Verlorenheit in sich loszulassen -. Sein Atem wurde wieder tiefer und ruhiger, sein Schmerz begann sich aufzulösen.

Lange Zeit standen diese beiden Männer in enger Umarmung da. Irgendwann lösten sie sich voneinander, und Johann sagte:

»Danke, Vater. Danke dass Du mich gehalten hast. Ich spüre Dich nun als meinen Vater und ich verstehe Deinen Weg den Du zu gehen hattest. Ich nehme Deine Bitte um Vergebung an. Ich möchte Dir verzeihen, denn auch ich habe die Verzeihung meines Kindes erhalten. Ich vergebe Dir«.

Gott stand auf und stellte sich neben die beiden Männer. Er hob seine Hände und berührte beide am Rücken.

Er sagte: »Dies ist, was ich euch sagte von Anfang an. Vergebt euren Schuldigern denn sie wissen nicht was sie tun. Nehmt euch an in der Liebe des Miteinanders. Gebt euch den Frieden, der in euch wohnt. Ich bin bei euch und werde euch begleiten auf all euren Wegen, denn ihr seid mein Blut und ihr werdet immer euer Zuhause haben in meinem Universum. Geht nun hin und findet eure weitere Bestimmung. Lasst eure Seelen wachsen und steigt auf in die Höhen der Befreiung. Ihr seid meine Kinder, und ich bin euch verbunden in grenzenloser Liebe«.

Dann ließ er Johanns Vater los. Dieser lächelte noch einmal Johann an und drehte sich um. Er ging auf eine Tür am Ende des Raumes zu. Die Tür

öffnete sich und Johanns Vater drehte sich noch einmal um und winkte zu Johann hinüber. Dann ging er nach draußen und die Tür schloss sich wieder.

Gott schaute Johann an und sagte:

»Nun Johann möchte ich, dass Du noch jemanden triffst. Setz Dich bitte wieder hin«.

Er sagte dies und ging durch den Raum auf einen Mann zu, der alleine an einem Fenster stand und hinausschaute auf diese wunderschöne Landschaft, bestehend aus Bergen und einem unglaublich weiten Himmel. Johann setzte sich. Er beobachtete, wie Gott mit diesem Mann sprach. Und er sah wie dieser mit Gott zusammen auf ihn zu kam. Und er sah, wer dieser Mann war. Es war der Heimleiter, der ihn damals als kleiner Junge auf unsägliche Weise erniedrigt und geschändet hatte. Der ihm mit dem Tod und der Hölle gedroht hatte. Und der in ihm jeglichen Glauben an die Menschen zerstört hatte. Wieder spürte Johann wie sich alles in ihm zusammen zog. Noch mehr als bei seinem Vater. Er fühlte die körperliche Bedrohung und die ausgeübte Macht des Gegenübers wie in dem Moment als es geschah. Fast konnte er diesem Anblick nicht standhalten. Es war wie ein Zurückgeworfensein in der Zeit. Er fühlte sich so gefangen in dem Erlebten, dass er aufhörte zu atmen. Und Nebel begann um ihn herum aufzusteigen.

In diesem Moment spürte er eine Hand auf seinem

Rücken. Und er spürte wie die Liebe zurückkam in seinen Körper. Er spürte wie diese Hand ihm half wieder zu atmen. Der Energie zu erlauben dass sein Körper wieder reagierte. Langsam und gleichmäßig setzte seine Atmung wieder ein. Die Nebel verschwanden und er sah Gott wie er neben ihm stand, dessen Hand lag auf seinem Rücken. Der Mann, den Gott mitgebracht hatte, saß ihm im Sessel gegenüber. Und er schaute Johann an.

Johann spürte noch immer die Hand Gottes, die beruhigend auf seinem Rücken lag. Er spürte beständig wie die Liebe seines Schöpfers in ihn überging. Die Kraft und das bisherige Erkennen halfen ihm, seinem Täter geradewegs in die Augen schauen zu können. Er atmete tief ein und aus, und sagte:

»Ich denke, Du möchtest dass ich Dir vergebe. Ich gehe davon aus, dass Du mit dem Hiersein Deinen Lebensweg durchschritten bist, genau wie ich. Ich habe innerhalb meines Lebens die gleichen Taten begangen wie Du. Und ich war fest verankert in meiner Verzweiflung und Selbstmissachtung, wahrscheinlich auch genauso wie Du. Es ist die Angst des damals, die mich heute hemmt. Und diese Angst werde ich nun überwinden. Ich sehe Dich vor mir und ich sehe einen gewesenen Menschen, nicht geringer oder besser, als ich es war. Ich werde es jetzt tun. Ich vergebe Dir dein Tun.

Ich verzeihe Dir dein Verletzen meines Selbst. Ich kann das tun weil ich mein Selbst wieder erlangt habe und es für uns alle nur Erlösung geben kann wenn wir das, was geschehen ist, annehmen und loslassen«.

Gott hatte Johann nicht losgelassen, als er sprach. Nun löste er seine Hand und setzte sich auf einen Sessel. Der Mann schaute noch immer in Johanns Augen und sprach:

»Ich danke Dir für Deine Worte. Und ich möchte Dir sagen, dass ich es wirklich bedaure, dass ich Dir dies angetan habe. Ich habe so wie Du bis nach meinem Tod gebraucht um diese Erkenntnis zu erlangen. Ich werde diese Erlösung Deines Selbst in mir tragen, und sie wird mich unterstützen und begleiten auf meinem weiteren Weg. Ich danke Dir aus den Tiefen meiner Seele«.

Gott stand auf und bat die beiden, ebenfalls aufzustehen. Dann sagte er:

»Gebt euch nun die Hand als Zeichen der Versöhnung und als Achtungserweis des Gegenübers«.

Beide streckten ihre Hand aus und umschlossen die des andern. Gott legte seine Hand auf die Hände der beiden und sprach:

»Gehet nun hin in Frieden. Erquicket eure Seele und erfahret die Neuerungen eures Seins. Steigt auf in die Sanftheit und Geborgenheit eures Himmels und sucht euch eure Erfahrungen die ihr

noch braucht. Ihr werdet immer zu mir kommen wenn ihr mich braucht, und ich werde immer für euch da sein. So wie es immer war und immer sein wird«.

Beide Männer spürten, wie die göttliche Energie durch sie hindurchging. Sie wurden erfüllt von Ruhe, Bereitschaft und Offenheit. Die Liebe war allgegenwärtig. Gott nahm seine Hand weg und auch beide Männer lösten ihre Verbindung.

Der Mann ging zur selben Tür wie Johanns Vater, die Tür öffnete sich, der Mann drehte sich noch einmal um, lächelte Johann zu, hob noch einmal die Hand zum Gruß, und ging. Die Tür schloss sich wieder hinter ihm. Gott hatte sich wieder gesetzt. Und bat Johann, es ihm gleich zu tun. Dann fragte Gott Johann ob es noch etwas gäbe wobei er ihm jetzt helfen könnte. Johann überlegte und ließ seine bisherigen Erfahrungen im Jetztsein vor seinem inneren Auge ablaufen. Und dann wusste er was er noch nicht verstand.
»Wie kommt es, dass Frieda mir bereits in der Vergebung begegnet ist. Dass sie mir den Weg ebnete sich ihr zu öffnen? Wie kann es sein, dass Sie mir ohne jeglichen Groll oder Angst gegenüber trat«? Johann schaute Gott fragend an. Gott antwortete:
»Frieda war durch ihren Selbstmord auf einem anderen Wege hier angekommen als Du oder

manch anderer. Sie durch litt den Übergang in purer Verzweiflung. Es war nicht ein Ankommen und Gehaltenwerden für sie. Sie hatte ihre Seele vollkommen abgeschnitten von ihrem Geist. Und sie brauchte eine lange Zeit im direkten Zusammensein mit mir, dass sie hier ankommen konnte. Wir haben viel Zeit des Haltens und Spürens verbracht um ihre Seele aus dem Meer des Vergessens zu befreien. Und ich habe entschieden, sie von jeglichem Schmerz zu erlösen, ohne dass sie es selbst tun muss. Nur so konnte sie in Frieden und Liebe ihre DiesZeit verbringen, bis zu dem Zeitpunkt, wo Du zu ihr kamst. Doch wie Du gesehen hast, ist sie angekommen in ihrem Selbst und hat ihren Lebensweg so angenommen wie er war. Sie wird nun so wie alle anderen Seelen die Entscheidung finden, ob sie in ihrem geschaffenen Sein verweilen möchte oder sie wird sich wieder auf eine Reise machen um weiter in ihrer Entwicklung aufzusteigen«.

Johann schaute Gott an und dann dankte er ihm. Dass er seiner Tochter auf diesem gewählten Weg ihren Schmerz genommen hatte. Er betrachtete die vielen anderen gewesenen Menschen im Raum. Dann fragte er:
»Und all diese hier warten noch auf das Eintreffen von ehemaligen Opfern und Tätern? Um sich frei zu machen von ihrem Tun auf der Erde«?

»Ja. Sie alle sind noch in der Zeitphase des War-
tens. Um ihre Beziehungen zu bereinigen. Es
kommt auf den Zustand einer Seele an ob sie es
aushalten kann, dies selbst zu tun oder ob sie mich
brauchen, so wie es bei Frieda war, es ihnen abzu-
nehmen«, antwortete Gott.

»Aber warum nimmst Du es nicht allen ab? Das
wäre doch der einfachere Weg«?

Johann sagte das und schaute Gott wieder fragend
an.

»Weil es für die Entwicklung und das Verstehen
besser ist. Sie verinnerlichen besser ihre Erfahrungen weil sie selbst dies umdrehen und der Vergebung Einzug geben, so wie auch bei Dir. Du hast
das Begreifen und Verinnerlichen abgeschlossen
ohne dass ich wirklich eingreifen musste. Ich habe
Dir lediglich Hilfestellung gegeben. Aber die Erkenntnis kam aus Dir selbst«.

Gott stand auf. Dann sprach er weiter:

»Du hast jetzt die Wahl, Du kannst Dir Dein Paradies erschaffen, wie Du es Dir wünscht, und
kannst bleiben oder Du gehst auf Reisen und er-
kundest allein oder gemeinsam mit anderen unser
Universum. Wenn Du das Bedürfnis hast erneut
auf die Welt zu gehen, kannst Du auch das tun
und Dir ein neues Leben wählen. Du kannst Deine
Entwicklungsschritte hier im Jetztsein erreichen, in

dem Du durch die Beobachtung und den Austausch der andern Seelen lernst, oder, Du wählst
den Weg eines anderen Lebens auf der Erde um
neue Erkenntnisse zu erlangen. Wie Du es ent-
scheidest, wird es geschehen«.

Gott sagte dies und schaute Johann an. Dann setzte
er folgendes hinzu:

»Du kannst aber auch, wenn du das möchtest,
zurück gehen in Dein altes Leben um denen, die
da noch sind, auf ihrem Weg zur Vergebung bei-
zustehen. Sie um Verzeihung Deiner Taten zu bitten und ihnen die göttliche Liebe nahe zu bringen.
Ich sage dies zu Dir Johann weil Deine Seele nun
eine starke und erfahrene Seele ist. Und ich glaube,
Du kannst als mein Bote den Deinen helfen. Ich
werde immer an Deiner Seite sein, das weißt Du,
und ich werde Dir den vollkommenen Glauben
und das ewige Licht mit auf den Weg geben«.

Gott war aufgestanden, während er dies sagte und
legte beide Hände auf Johanns Schultern. Er ließ
erneut seine Energie und Liebe direkt in Johanns
Körper einziehen. Johann war erfüllt von Liebe
und Dankbarkeit. Er sagte:

»Ich werde diesen Weg wählen und werde versuchen, die meinen, die da noch sind, um Verzeihung zu bitten. Und ich werde mein Bestes tun
damit sie schon während ihrer Erdenzeit den Zustand der Vergebung erreichen. Ich danke Dir,
dass Du mir dies ermöglichst. Denn dadurch

werde ich für alle Menschen, die ich mit einbezog in meinen Schmerz, das Beste versuchen um mein Versagen wieder gut zu machen«. Gott bat Johann nun durch die Tür zu gehen, durch die auch sein Vater und der Heimleiter gegangen waren. Als Johann gegangen war, setzte sich Gott zu den anderen Gewesenen und unterhielt sich mit ihnen. Es waren viele. Und immerzu kamen neue hinzu. Und Gott hieß sie willkommen, jeden für sich. Und alle würden ihre Wege gehen, genau wie Johann und viele andere vor ihm.

Johann hilft Simon

Der Tunnel, durch den er diesmal reiste, war weiß. Alles um ihn herum strahlte in Weiß. Und als er an sich heruntersah, sah er, auch er selbst war umgeben von einer weißen Wolke, die sich aus ihm heraus bildete und beständig pulsierend strahlte. Er war in sich ein Anderer geworden. In tiefer Ruhe und einer Selbstverständlichkeit, die keine Fragen mehr stellte, wusste er, was er auf diesem Weg, den er nun ging, tun wollte.

Jeremiah war ihm zuvor noch einmal begegnet und sie verbrachten gemeinsam tiefe Momente des Austausches. Jeremiah führte Johann in alles ein, was er nun auf dieser Stufe der Erkenntnis brauchen würde. Er zeigte ihm die Möglichkeiten, die in Johann wohnten um bei seiner Reise auf die Erde Kontakt zu den Menschen aufzunehmen und sich mitzuteilen. In Johann weilten eine tiefe Ruhe und die göttliche Liebe.

Es war Nacht. Doch strahlte der Mond sehr hell und Johann konnte schnell erfassen wo er sich befand: Er war wieder in dem Wald, an dem kleinen Bach, an dem Simon gesessen hatte mit dem Mann und Türme gebaut hatte. Er schaute sich um. Ein Stück weg sah er an einen Baum gelehnt, Simons Fahrrad. Er ging darauf zu und da sah er wie das

Kind danebenlag und schlief. Immer noch schlief. Der Mann hatte Simon wieder angezogen und ihn an diesen Ort gebracht. Johann beugte sich hinunter und betrachtete das schlafende Kind näher. Er schaute in dieses Kindergesicht und er spürte in sich tiefe Liebe für diesen Jungen. Sein Enkel! Johann legte seine Hand auf den Bauch des Kindes. Wie schon zuvor bei den Berührungen von Jeremiah oder Elisabeth strömte nun auch bei ihm violette Energie aus seiner Hand heraus und ging über in das Kind. Eine Weile saß er so da und berührte ihn. Er nahm dann das schlafende Kind auf seine Arme und ging den Weg zurück, auf dem Simon damals mit seinem Fahrrad gekommen war. Er folgte ihm, und als er aus dem Wald herauskam, sah er die Sportanlagen. Er ging die Straße hoch und stand dann vor dem Garten seiner Familie. Er ging mit dem Kind auf dem Arm in den Garten und sah, dass das Haus hell erleuchtet war und im Innern Mathilda und Klaus in großer Sorge um ihr Kind wachten. Nachdem Simon nicht nach Hause gekommen war, war viel geschehen. Zunächst suchten Mathilda und Klaus alleine nach ihrem Sohn, dann schalteten sie die Polizei ein. Bis in die späten Abendstunden wurde die Umgebung abgesucht. Aber keine Spur von dem Jungen oder seinem Fahrrad. Die Suche sollte in den frühen Morgenstunden fortgesetzt werden. Johann legte

Simon auf die Gartenbank neben der Tür. Dann entfernte er sich, ging weit nach hinten in den Garten und stellte sich hinter einen großen Busch. Er konnte von dort aus gut das Kind und die Tür sehen. Er sendete Signale seines Geistes an die Tierwelt in der Umgebung des Gartens. Er wollte einen Hund oder eine Katze erreichen. Nach kurzer Zeit tauchte vor dem Garten ein Hund auf. Er stand vor dem Zaun und sein Schwanz wedelte Johann freundlich an. Johann gab dem Hund ein Zeichen, dass er zu ihm kommen sollte. Der Hund sprang über den Zaun und saß kurze Zeit später vor ihm. Johann legte seine Hände auf das Fell des Hundes und kommunizierte mit ihm in Gedanken. Der Hund sagte ihm, er sei Charly und er wohne nebenan. Und Simon sei ein guter Freund von ihm. Nur mit seiner Katze, dem Sternchen, na ja, mit der läuft's nicht so gut. Die haute immer nur ab wenn er mal mit ihr spielen wolle. Johann erklärte Charly, dass Hunde und Katzen unterschiedliche Sprachen sprechen. Und er gab ihm den Tipp, sich einfach mal hinzulegen wenn die Katze in der Nähe sei und mal abzuwarten, ob sie sich ihm nähert. Dann solle er ruhig liegen bleiben und ihr signalisieren, dass keine Gefahr von ihm ausgeht. Und sicher wird die Katze irgendwann dann zu ihm kommen und irgendwann auch vielleicht mit ihm spielen. Er sagte dann dem Hund, er brauche jetzt seine Hilfe. Der Hund müsse dafür sorgen, dass

Mathilda oder Klaus aus dem Haus kommen und ihren Sohn auf der Gartenbank liegen sehen. Charly wedelte noch einmal mit dem Schwanz und schleckte liebevoll die Hand von Johann, drehte sich dann um, und lief laut bellend Richtung Haus. Er machte einen ordentlichen Radau und fing an auf dem Rasen wie wild umher zu rennen und bellte in einem fort. Nach kurzer Zeit ging die Tür auf, Klaus und Mathilda standen da und riefen nach Charly. Er lief sofort zu ihnen hin und bellte weiter. Klaus kam vor die Tür und sah seinen Sohn auf der Bank liegen. Er rief Mathilda und sofort waren beide an der Bank und sahen ihr schlafendes Kind da liegen. Klaus nahm Simon hoch und brachte ihn nach drinnen. Mathilda, geschockt, aber unglaublich glücklich, dass ihr Sohn wieder da war, lief hinterher. Der Hund lief zurück zu Johann und legte sich zu seinen Füßen. Johann streichelte ihn und bedankte sich und sagte er könne jetzt gehen. Der Hund schleckte noch einmal liebevoll über Johanns Hand und verschwand über den Zaun. Johann ging auf das Haus zu. Er sah dass Klaus gerade telefonierte. Mathilda hatte Simon im Arm und saß mit ihm auf dem Sofa. Sie streichelte in einem fort das Gesicht des Kindes und sprach mit ihm. Doch noch immer schlief das Kind. Kurze Zeit später hörte Johann ein lautes

Signal, ein Martinshorn. In großer Geschwindigkeit näherte sich ein Krankenwagen. Dieser stoppte vor dem Garten und im nächsten Moment sprangen 3 Männer aus dem Wagen mit einer Trage und einen Koffer und schon waren sie im Haus. Sie stellten sich kurz bei Mathilda und Klaus vor und im nächsten Moment war der eine Mann dabei Simon zu untersuchen. Dr. Michels, das war der Name des Arztes, der Simon untersuchte, stellte sehr schnell fest, dass Simon bewusstlos war. Die Herztöne des Kindes waren sehr schwach, Puls und Atmung weit unten. Er sagte, Simon müsse sofort in die Klinik. Sie legten eine Infusion zur Stabilisierung des Kreislaufes und setzten Simon eine Atemmaske auf. Dann legten sie ihn auf die Trage und brachten ihn nach draußen in den Krankenwagen. Mathilda und Klaus stiegen mit hinten in das Auto ein und im nächsten Moment war der Krankenwagen unterwegs. Johann stand noch immer hinter dem Busch und hatte alles beobachtet. Nun machte er sich auf den Weg. Er lief zunächst die Straße entlang, stellte sich dann den Ort vor, an dem sein Enkel ankommen würde, und im nächsten Moment stand er vor der Tür der Notaufnahme des Krankenhauses. Gerade war der Krankenwagen angekommen. Die 2 Männer, die im Haus dabei waren öffneten die hintere Tür und gemeinsam holten sie die Trage mit dem Kind

heraus. Der Arzt lief neben der Trage her und betätigte regelmäßig die Atemmaske. Mathilda und Klaus liefen gemeinsam mit dem Arzt und den Pflegern, die das Kind trugen, durch die Tür in das Innere des Krankenhauses. Zunächst wurde Simons Zustand stabilisiert, dann wurden ihm seine Kleider ausgezogen und er wurde untersucht. Mathilda und Klaus waren bei allem anwesend. Der Arzt war sich bis zu diesem Zeitpunkt noch nicht im Klaren warum sich das Kind in dieser tiefen Bewusstlosigkeit befand. Es wurden Blutentnahmen gemacht und sein Körper wurde genau inspiziert. Als sie seinen Po dann sahen, erstarrten Klaus und Mathilda für einen Moment. Mathilda erschrak zutiefst. Der Po des Kindes war blutig, der After aufgerissen, und sie wusste in diesem Moment was ihrem Sohn geschehen war. Sie begann laut zu weinen und Klaus musste sie aus dem Raum führen weil sie sich kaum beruhigen konnte. Drinnen versorgten der Arzt und 2 Schwestern das Kind. Es wurden Röntgenaufnahmen und Ultraschall gemacht vom Bauch und dem Darm des Kindes. Zwischenzeitlich war auch das erste Ergebnis der Blutuntersuchung da. Der Täter hatte das Kind narkotisiert. Und das eingesetzte Narkosemittel wirkte noch immer stark auf den Körper des Kindes ein. Sie könnten ihn zwar schnell aufwecken, doch sie entschieden sich, das nicht zu tun. Sie überwachten den Zustand seiner

Vitalfunktionen, ließen aber Simon zunächst noch schlafen. Die Röntgen- und Ultraschalluntersuchung ergab, dass leichte innere Verletzungen des Darmes da waren, dass aber die größere Wunde außen am Schließmuskel war. Es würde alles wieder verheilen, aber es könnte ein schmerzhafter Weg für das Kind bis dahin werden. Der Arzt machte den Eltern den Vorschlag Simon für eine Zeit im Tiefschlaf zu lassen. Solange, bis die äußeren Verletzungen etwas abgeklungen wären. Man würde ihn für eine Zeit künstlich beatmen und ernähren und Sorge dafür tragen, dass er weitgehend unbeschadet aus dieser Situation heraus ginge. Dr. Michels erklärte Klaus und Mathilda, dass es für das Kind vielleicht ein Segen war, dass der Täter ihn narkotisiert hatte. Sodass er bewusst nur sehr wenig des Ganzen verinnerlicht habe. Doch würde eine psychologische Betreuung an erster Stelle stehen, sobald Simon dann wieder aufwachen würde. Klaus und Mathilda stimmten dem Arzt zu und so blieb ihr Sohn die nächsten 14 Tage im Tiefschlaf. Jeden Tag waren entweder Mathilda oder Klaus am Bett ihres Kindes. Der Heilungsprozess setzte ein und ca. nach 10 Tagen konnte der Arzt die Diagnose stellen, dass die Verletzungen am After bald nicht mehr zu spüren seien. 2 Tage später dann begannen der Arzt und die Pfleger Simon aus dem Tiefschlaf zu holen. Langsam wurden die eingesetzten Schlafmittel reduziert

und weitere 2 Tage später zeigte Simons Körper erste Anzeichen des Aufwachens. Mathilda wachte an seinem Bett und weinte sehr viel. Sie hatte große Angst davor, wie Simon auf all das Geschehene reagieren würde. Das, was er wohl an diesem Tag erlebt hatte, sie konnte nicht darüber nachdenken ohne zu weinen. In ihr zog sich alles zusammen in unsäglichem Schmerz für ihr Kind. Irgendwann am 16.Tag öffnete Simon die Augen. Mathilda saß vor dem Bett und drückte sofort auf die Klingel. Im nächsten Moment standen der Arzt und eine Schwester vor dem Bett. Der Arzt machte erste Tests und Simons Reaktionen waren gut. Simon sah seine Mama und schaute sie mit großen Augen an:

»Mami, wo bin ich«?, fragte er. Mathilda streichelte sein Gesicht und lächelte ihn an.

»Du bist in einem Krankenhaus, Simon. Du hattest einen Unfall und Du hast sehr lange geschlafen, aber jetzt wird alles wieder gut«.

Sie sagte das und streichelte sein Gesicht und seinen Oberkörper. Simon erholte sich körperlich gut. Bereits am Tag seines Aufwachens war eine Psychologin vor Ort, die das Kind aufmerksam beobachtete. Die Polizei hatte, nachdem Simon gefunden worden war, alles Mögliche unternommen um herauszufinden was mit dem Kind geschehen war. Doch konnten sie keine Erklärung oder Hinweise mitteilen wenn Klaus Rücksprache mit ihnen hielt.

Klaus hatte sich in den letzten 16 Tagen selbst ständig die Frage gestellt - was war passiert-? Er fragte sich, wo das Fahrrad ist? Wo war Simon gewesen an diesem Tag? Er verbrachte viele Stunden damit, in der Umgebung des Ortes herum zu wandern und nach Hinweisen zu suchen. Irgendwann dann lief er durch den Wald und kam auf eine Lichtung. Und da stand eine Hütte. Er näherte sich der Hütte und ging auf die Tür zu. Ein großes Vorhängeschloss verhinderte, dass man eintreten konnte. Klaus lief um die Hütte herum. Alles war verschlossen. Nirgends konnte er in das Innere gelangen. Die Fenster, die es gab, waren zugenagelt. Und die Tür, schwer und massiv, eben mit diesem großen Schloss versehen. Er setzte sich vor der Hütte in die Sonne und trauerte wie schon oft in diesen Tagen für seinen Sohn.

Es zerriss ihm fast das Herz, wenn er sich vorzustellen versuchte, was irgendein Mensch mit seinem Kind angestellt hatte. Es öffnete sich jedes Mal ein tiefes schwarzes Loch in das er hineinzufallen drohte wenn er sich damit auseinandersetzte. Er fing bitterlich zu weinen an. Die Sonne wärmte ihn, aber er nahm es nicht wahr. Um ihn herum blühte die Natur und Schmetterlinge flogen in großer Zahl an diesem eigentlich wunderschönen, ruhigen Ort mitten in diesem Wald. Johann stand hinter einem Baum und beobachtete seinen

Sohn. Er empfand eine tiefe Liebe für ihn und er sah mit noch größerer Liebe in sich, dass sein Sohn sich seinem Schmerz, den er empfand, hingab. Er dankte Mathilda in seinem Herzen, dass sie in das Leben von Klaus getreten war und ihn aus dem Strudel der Emotionslosigkeit hatte befreien können. Er trat hinter dem Baum hervor und stand nun auf der Lichtung. Klaus saß auf der anderen Seite der Wiese vor dem Haus. Johann ging langsam auf Klaus zu. Ihm war bewusst, dass er nun sehr vorsichtig mit Klaus umgehen musste, so dass er verstand, was Johann ihm sagen wollte. Klaus schaute hoch. Und er sah diese Erscheinung einige Meter vor ihm über die Wiese gehen. Sie sah aus wie ein Mensch, aber sie war umgeben von einem weißen Feld. Jede Bewegung des Körpers zog auch die Bewegung dieses Feldes mit sich. Und bei jeder Bewegung schien der Körper sich aufzulösen, transparent zu werden. Von innen heraus schien dieses Wesen zu leuchten. Klaus war fasziniert, aber gleichzeitig auch irritiert. Niemals zuvor hatte er so etwas gesehen. Dann stand dieses Wesen vor ihm. Klaus konnte, nun da sich nichts bewegte, den menschlichen Körper ausmachen. Und erkennen. Es war sein Vater. Johann. Dieser stand da und schaute ihn aus gütigen Augen liebevoll an. Klaus stand auf. Er machte einen Schritt auf Johann zu und streckte die Hand nach ihm aus. Johann nahm die Hand seines Sohnes und sprach:

»Ich möchte Dir sagen, dass ich sehr glücklich bin, dass Du durch Deine Frau aus dem Schmerz herausgefunden hast und gelernt hast was Respekt und Liebe bedeuten. Es wird Dein Leben und das, was danach kommt, auf positivem Wege begleiten und Dir das mögliche Unheil, was Dir noch begegnen mag, erleichtern«.

Klaus spürte, wie Johanns Energie in ihn überging. Er spürte die tiefe Liebe seines Vaters, die er zu Lebzeiten niemals bei ihm wahrgenommen hatte.

»Ich bin so verzweifelt, Vater. Meinem Sohn wurde Schreckliches angetan und ich weiß nicht, wie ich damit umgehen soll. Ich versuche heraus zu finden, was passiert ist mit ihm und wer das war. Aber ich komme nicht an einen Punkt der mir weiter hilft. Und ich weiß nicht, was dies alles jetzt für uns bedeutet«.

Klaus senkte den Kopf.

»Ich weiß, mein Sohn. Simon hat Schreckliches erlebt. Aber er hat überlebt. Und er war niemals allein bei dem, was ihm geschah. Eure Aufgabe wird es sein, ihn dabei zu unterstützen, dieses Geschehen zu verarbeiten«. Johann legte seine Hand auf Klaus Schulter. »Ich weiß was geschehen ist, ich habe es gesehen. Der Täter ist eine Seele, die auf dem Weg der Verlorenen durch das Leben geht. Selbst in sich getrennt und nicht fähig, Gut und Böse zu unterscheiden. Ich verstehe Deinen Schmerz, mein Sohn«.

Johann ließ Klaus los und ging langsam auf die Hütte zu.

»Komm mit mir Sohn, ich möchte Dir helfen zu verstehen«.

Johann schaute liebevoll in das schmerzerfüllte Gesicht seines Sohnes. Klaus folgte Johann. Beide standen nun vor der Tür.

Hier drin ist das Schreckliche geschehen. Ich zeige Dir diesen Ort, damit Du beginnen kannst, deine Machtlosigkeit zu verlieren. Der Täter hat dein Kind schlafen gelegt. Simon hat alles, was passierte, in tiefer Bewusstlosigkeit erlebt. Es wird lange dauern bis euer Kind das überwindet, aber Du und deine Frau, ihr habt die Mittel in der Hand, um ihm dabei zu helfen. Du musst versuchen, dieses Schloss zu öffnen«.

Johann sagte dies und wartete.

»Du sagst mir – hier -«?

Klaus versuchte, das Schloss mit seinen Händen aufzureißen. Doch wusste er gleich, es würde nicht funktionieren. Er lief weg und rannte schon durch den Wald, als er über die Schulter hinweg seinem Vater zurief:

»Ich bin gleich wieder da, ich muss eine Brechstange holen«.

Johann setzte sich auf den Boden vor der Tür und wartete. Er fühlte eine große Dankbarkeit in

sich. Dankbarkeit seinem Schöpfer gegenüber und jedem, dem er nach seinem Tod begegnet war. Er war sich gewiss, dass sein Eingreifen nicht den natürlichen Lauf der Menschengeschichte verändern würde. Aber er wusste, dass seine Hilfestellung in diesem Moment für Klarheit sorgen würde im Leben seines Sohnes und damit auch im Leben seines Enkels. Und er dankte wieder, dass er das tun konnte. Vielleicht würde sich die Entwicklung von Simon dahin bewegen, dass er irgendwann nach langer Suche selbst dahin gekommen wäre das Geschehen zu sehen, doch war es sein größter Wunsch diesen Zustand zu verkürzen. Seiner Familie die Möglichkeit zu geben, schneller die Fakten zu sehen und damit umgehen zu können. Denn ohne ihn würden sie für lange Zeit nicht dem, was sich zugetragen hatte, näher kommen. Johann hörte wie Klaus zurückkam. Er hatte eine große Brechstange in der Hand und rannte auf die Hütte zu. Dort angekommen, begann er das Schloss zu bearbeiten. Nach kurzer Zeit hatte er es geschafft. Die Tür war offen. Klaus legte die Brechstange neben die Tür und stand in der Öffnung. Johann legte Klaus wieder die Hand auf die Schulter und sagte:

»Ich zeige Dir nun das Geschehen. Ich tue das, um euch zu helfen. Dein Sohn wird sonst sein Leben damit verbringen es zu suchen - in seinem Unbewussten -. Und ich möchte meinen Beitrag leisten,

dass er mit eurer Hilfe und Wissen schneller damit umgehen kann. Du spürst, dass ich Dir verbunden bin in allgegenwärtiger Liebe. Und du kannst sehen, dass ich nun ein Anderer bin. Mach Dir bewusst in Deinem Geist, dass all Deine Erfahrungen die Du hier in Deinem Leben machst, einen tieferen Sinn in sich tragen. Auch dieser Moment ist nicht umsonst nötig, dass Du ihn durchlebst. Die Entscheidung der Seelen, welche Lebenserfahrungen ihnen begegnen, ist vorbestimmt. Sie selbst entscheiden - noch bevor sie in die Erde geboren werden, was ihr Ziel sein sollte -. Jede Seele kommt mit einem bestimmten Lernanspruch auf die Welt. Doch um dies vollkommen zu erfahren ist es notwendig, dass sie ihre Weltenseele die jeder in sich trägt, für diese Zeit, die sie hier sind, ein Stück weit verlassen. Das Urwissen, das sie in sich tragen, ist tief verborgen um den Raum zu schaffen die gemachten Erfahrungen immer wieder neu zu entdecken und zu verinnerlichen. Und sich daraus weiter zu entwickeln. Und es gibt Seelen wie mich, die suchen sich eine schwierige Lebenszeit aus um große Unglücke, die geschehen, zu überwinden, jedoch scheitern sie. Sie kommen während ihrer Lebenszeit nicht an den Punkt des Verstehens. Ich möchte Dir nun helfen, mein Sohn, dass Du und Deine Familie nicht diesen Weg gehen müsst. Ich gebe euch Einblick und verhelfe euch

zur Klarheit, sodass Du die Möglichkeit hast diese Erfahrungen anzunehmen und zu verinnerlichen und damit auch, sie loszulassen. Unser Schöpfer ist bei uns in allem was wir tun. Seine Liebe bettet uns ein in Geborgenheit und trägt uns sicher auf all unseren Wegen. Ich weiß, es ist für Dich schwer das anzunehmen. Vor allem jetzt in diesem Moment. Ich verstehe Deinen Schmerz mein Sohn, doch behalte in Deinem Geist und Deinem Herzen, dass alle Menschen Kinder Gottes sind. Er liebt sie alle, die Guten und die Bösen«.

Johann ließ Klaus los und ging voran in die Hütte. Das Licht, das aus ihm heraus strahlte, erhellte den Raum. Klaus konnte die Decke auf dem Boden liegen sehen. Und er sah auch die Treppe am hinteren Ende des Raumes. Johann ging hinunter. Klaus folgte ihm. Unten angekommen stellte sich Johann vor den Tisch und sagte zu seinem Sohn:

»Leg Dich jetzt bitte auf den Tisch. Ich werde Dir nun das Geschehene zeigen. Sei Dir gewiss, dass ich Dich halten werde. Die ganze Zeit«.

Johann machte Klaus ein Zeichen dass er sich mit dem Rücken auf den Tisch legen sollte. Klaus tat um was sein Vater ihn bat. Johann legte beide Hände auf den Körper seines Sohnes. Er bat ihn, die Augen zu schließen und sich ihm nun ganz anzuvertrauen. Sichtbar begann Klaus Körper aus sich heraus zu leuchten. Er spürte eine tiefe Ruhe und Entspannung in sich und es begann, dass er vor seinem inneren Auge den ganzen Ablauf des

Geschehens sah. Von der ersten Begegnung des Mannes mit Simon am Bach, vom Wiedersehen und dem was daraus folgte. Klaus wurde Zeuge, genau wie Johann, er sah, was sich zugetragen hatte. Durch die Liebe, die Johann in ihn einfließen ließ, konnte Klaus wie in einem Traum das Geschehen ansehen und aushalten. In diesem Moment wertfrei. Nachdem alles vorbei war und der Mann das Kind zurück am Bach abgelegt hatte, kam Klaus wieder zu sich. Er setzte sich auf. Und er schaute seinen Vater an. In seinen Augen stand der Schmerz und er begann hemmungslos zu weinen. Johann hielt nach wie vor seine Hände auf dem Körper seines Sohnes. Er wartete still, bis die Verzweiflung und der Schmerz durch Klaus hindurch gingen. Und sich über das Weinen einen Ausgang aus dem Körper suchten. Irgendwann wurde Klaus ruhiger. Sein Atem beruhigte sich und sein Weinen hörte auf. Johann löste seine Hände und trat ein Stück zurück. Klaus stand auf. Er wischte sich die Tränen aus dem Gesicht und schaute seinen Vater an:

»Danke, dass Du mir das gezeigt hast«.

Klaus versagte die Stimme und er senkte den Kopf. Johann sagte zu ihm folgende Worte:

»Geh nun hin mein Sohn und handle nach Deinem Gewissen. Du hast den Mann gesehen, der dies tat. Du kannst ihn denjenigen übergeben, die auf dieser Welt das Richten der Taten vollziehen. Tue dies

ohne Hass, doch mit Nachdruck. Erlaube Dir, diesen Mann zu verstehen, sieh Dir sein Leben an und beginne seine Handlung anzunehmen. Er wird durch Deine Hilfe die Möglichkeit erhalten noch in seiner Lebenszeit sein Tun zu verstehen und Du wirst für Dich Deinen Weg finden damit zurecht zukommen. Denn dein Sohn braucht Dich als einen Vater, der Recht und Unrecht zu unterscheiden vermag und der durch das Verstehen und Akzeptieren des größten Übels dennoch nicht brechen wird. Nur so kann Simon dies auf einem guten Weg überleben. Dein Kind war nicht verlassen. Nicht einen Moment. Gott und die Weltenseele des Universums sind sein Begleiter. Für ihn und für euch und für alle Menschen dieser Erde. Das Verzeihen und das Vergeben ermöglichen immer ein neues und besseres Miteinander. Nehmt an die Prüfungen, die ihr zu durchlaufen habt und seid euch gewiss für immer, ihr werdet gehalten. Ihr seid nicht allein. Die göttliche Liebe ist allgegenwärtig. Ich werde Dich nun verlassen mein Sohn, denn Du brauchst mich nun nicht mehr. Ich vertraue auf deine Stärke und deine Liebe, die Du in dir trägst. Und Du wirst die Wege finden, die euch zur Heilung führen«.

Johann drehte sich um und ging die Treppe nach oben. Klaus folgte ihm. Als sie wieder draußen vor der Hütte waren, umarmte Johann Klaus und für

einen Moment verschmolzen beide Körper ineinander. Sie strahlten beide aus sich heraus. Dann löste sich Johann von seinem Sohn und ging über die Wiese zurück in den Wald. Klaus beobachtete wieder das Schauspiel der Bewegung. Der Körper seines Vaters, umhüllt von der weißen Wolke, die sich bei jedem Schritt mit bewegte und das Auflösen und wieder Sichtbarwerden der Gestalt durch das Bewegen oder Innehalten. Klaus stand noch lange so da. Er schaute auf den Punkt, an dem Johann zwischen den Bäumen verschwand. Er spürte in sich in diesem Moment, dass sich das Verstehen und die Weltenseele in seiner Erinnerung zeigten.

Klaus wusste nun was er zu tun hatte. Er ging durch den Wald nach Hause und telefonierte mit der Polizei. Er sagte ihnen, dass er die Hütte gefunden hatte, was darin war, und dass er glaube zu wissen, wer das seinem Sohn angetan hatte. Die Beamten fertigten dann auf Grund seiner Beschreibung ein Phantombild des Täters an. Und es dauerte nur wenige Wochen bis mehrere Hinweise auf die Identität des Mannes bei der Polizei eingingen. Es stellte sich heraus, dass es ein ehemaliger Offizier der Armee war, der viele Jahre nach dem Austritt aus der aktiven Laufbahn als bezahlter Einzelkämpfer Sondereinsätze für verschiedene Regierungen durchführte, die zu prekär waren für

die offizielle Kriegsführung. Es wurden Verbindungen zu weiteren Taten gefunden und der Mann konnte nach nur kurzer Zeit gestellt und verhaftet werden. Es folgte ein Prozess, wo ihm in mehreren Fällen Kindesmissbrauch nachgewiesen wurde, dabei wurde aber auch klar, dass dieser Mann in sich schwer gebrochen war. Es wurde verminderte Schuldfähigkeit bestätigt, jedoch mit der Auflage der Sicherungsverwahrung in einer psychiatrischen Klinik, lebenslang.

Simon hatte einen langen Weg zu gehen. Er wurde, nachdem er aus dem Krankenhaus entlassen wurde, für den Rest des Schuljahres vom Unterricht befreit. Er fuhr mit seinen Eltern zunächst mehrere Wochen in ein kleines Haus am Meer in Spanien. Dort versuchten Klaus und Mathilda durch Ihre Liebe und den Glauben das Geschehene zu überwinden und ihm Mut und Kraft zuzusprechen. Er war nach seinem Erwachen in sich gekehrt und nicht mehr das Kind, das er vorher war. Er sprach nicht über das, was an diesem Tag im Wald passiert war und es würde auch noch einige Monate dauern bis er das tun würde. Doch das Wissen der Eltern und die Liebe, die ihm von ihnen zukam, halfen ihm. Später dann hatte er 3mal die Woche feste Termine bei der Psychologin die ihn vom ersten Tag an begleitet hatte. Und mit

Hilfe dieser Frau, die Hand in Hand mit Klaus und Mathilda arbeitete, konnte Simon irgendwann das Geschehen und die Tragweite dessen erkennen und Stück für Stück damit leben. Vielleicht würde es ihn nie verlassen, doch konnte er es auf eine Art verinnerlichen, dass es ihn nicht zerstörte in seiner weiteren Entwicklung. Zusammen gingen sie eines Tages auf einen Berg, Simon, seine Eltern und die Psychologin. Und sie hatten einen großen weißen Ballon bei sich. Unten an einer Schnur hing ein Zettel und darauf stand:

Für Simon
Dieser Tag in diesen Stunden
Ein Stückweit bist Du verloren
Doch hast Du Dich selbst in Dir erhalten
Wir trauern mit Dir um Dein Erleben
Und wir werden bei Dir sein, wo immer Du auch bist

Simon ließ den Ballon aufsteigen und danach standen sie gemeinsam da und hielten sich an den Händen. Und die Eltern und auch die Psychologin wussten, Simon, der dieses Erleben hinter sich gebracht hatte, würde seinen Weg gehen können. Denn auch die Zeit hilft den Schmerz zu heilen. Er würde zwar noch einige Jahre regelmäßig Kontakt

zu der Psychologin halten, aber sein normaler Alltag konnte wieder stattfinden. Er wiederholte das Schuljahr und er ging wieder zum Fußball und zum Tennis. Für viele Jahre hielt er sich komplett zurück wenn er spürte, dass Konflikt oder Gewaltsituationen sich ihm zeigten. Er begann im Teenageralter einen Kampfsport zu betreiben, bei dem es um Selbstverteidigung, aber nicht um den Partnerkampf ging. Er lernte seine körperlichen Kräfte kennen und setzte diese mit dem Hintergrund der Philosophie in der gewählten Kampfsportart, jedoch nie in seinem Leben ein. Geistige Überlegenheit ließ ihn sich seiner Kraft bewusst werden, doch konnte er jegliche brenzligen Situationen verbal kontrollieren. Das Geschehen, das er überlebt hatte, machte aus ihm einen bedachten Menschen, der zwar immer Vorsicht walten ließ, aber dennoch mögliches Erfahren erlaubte. Sein Vater hatte ihm nie von seiner Begegnung mit Johann im Wald erzählt, doch führte Simons Intuition dazu, dass er zeitlebens an seinen Großvater dachte. Dass er ihn als Ansprechpartner wählte, wenn er sich Hilfe von oben wünschte. Simon studierte Sport und Mathematik. Wobei die Mathematik letztendlich siegte. Er konzentrierte sich immer weiter in die Erforschung des Universums und dessen Aufbau. Doch ließ er nie seine Intuition außen vor. Bei jedem Erkennen und Entwickeln von Gesetzmäßigkeiten der Natur der Dinge

144

setzte er die Intuition dem Bestehenden gleich und somit ermöglichte er das Erfahren neuer Erkenntnisse.

Simon verliebte sich irgendwann in eine Kommilitonin, zwar heirateten sie nie, doch lebten sie in einer funktionierenden Beziehung. Sie hatten immer einen oder zwei Hunde, jedoch nie ein Kind. Er hatte beständigen Kontakt zu seinen Eltern bis zu ihrem Tod.

Simon starb im Alter von 88 Jahren an einem Herzinfarkt. Als er ankam im Sein der Weltenseelen, wurde er willkommen geheißen von Johann. Und in stillem Wissen der Erfahrungen des Gegenübers, tauchten sie gemeinsam ein in die allgegenwärtige Liebe des Universums.

Johann besucht Thomas

Als Johann sich in dem Garten umsah fühlte er
Stolz und Liebe in sich für den, der dies alles erschaffen hatte. Er wusste, dass sein Sohn Thomas
diesen Weg gefunden hatte und seit vielen Jahren
schon hier diesen Klostergarten und seine Landflä-
chen umsorgte. Es zeigten sich Pflanzenarten, die
in Größe und Schönheit sich selbst erklärten. Es
waren Ruheoasen zu finden unter Bäumen, die
besser nicht sein konnten. Es war überall spürbar,
dass hier der Mensch alles tat um der Natur zu
ihrer wahren Schönheit zu verhelfen. Es gab eine
große Fläche, die als Nutzgarten diente und somit
das gesamte Kloster mit Lebensmitteln versorgte.
Aber es war auch genug Raum erhalten worden
um dem Menschen selbst, der sich in dieser Landschaft bewegte, Möglichkeiten der Entspannung
und Ruhe zu bieten. Johann wanderte auf den Wegen, die durch diese angelegte Landschaft führten.
Es gab einen kleinen See, der umsäumt war von
Wildblumen und von jeder Seite aus auf schön
angelegten Sitzmöglichkeiten aus Bruchsteinen
Plätze zum Entspannen bot. Große Bäume spendeten Schatten und großes und kleines Buschwerk
sorgten für Privatsphäre, wenn man sich das
wünschte. Johann fand, was er suchte, an diesem
Ort als er aufstieg auf einen kleinen Berg und weit

hinten einen Mann wahrnehmen konnte, der mit einem großen Sonnenhut auf dem Kopf gerade dabei war einen Hibiskus-Strauch in die Erde zu pflanzen.

Thomas hatte seine Vergebung gefunden. Dadurch, dass er an einem Dezembertag diesen Mann getroffen hatte, der ihm anbot ein besseres Dasein zu führen hier in diesem spanischen Kloster, hatte er sich entschlossen das zu tun. Er war ihm gefolgt und nun seit vielen Jahren hier zuhause. Durch intensive Gespräche und durch die Arbeit in der Natur war es nur eine Frage der Zeit, dass er sein Herz öffnete und sich der Brudergemeinschaft, die hier lebte, anschloss. Es war keine wirkliche christliche Glaubensrichtung, die hinter der Gemeinschaft als Institution stand, eher ein Zusammenschluss von Menschen, die irgendwann vor langer Zeit diesen Ort ins Leben gerufen hatten als einen Ort, an dem jeder willkommen ist, egal wo er herkommt oder welcher Religion er angehört. Menschlichkeit und Hilfestellung bei Schutzbedürftigen stand und steht als oberster Grundsatz für diesen Ort. Und Thomas wurde ein Teil davon. Und er liebte es, hier zu sein. Im Laufe der Jahre wurde er als Gärtner der Anlagen selbstverantwortlich angesehen und hat seitdem freie Hand, wenn er das Gefühl hat, bestimmte Gegebenheiten

landschaftlich zu verändern. Sein unübersehbarer Draht zu Pflanzen sprach von Anfang an für ihn.

Als er nun gerade dabei war diesen ca. 1 Meter hohen Hibiskus-Strauch in die Erde einzusetzen fühlte er, dass er beobachtet wurde.

Er unterbrach seine Tätigkeit und stand auf. Weiter hinten auf der Kuppe des kleinen Berges konnte er eine Gestalt ausmachen. Diese war umgeben von einer Wolke aus Licht. Er sah, dass diese Gestalt auf ihn zukam. Als sie näher kam konnte er erkennen, dass es sich um einen Menschen handelte, der aber eben von einer weißen Wolke umgeben war und von innen heraus leuchtete. Und dass sich die Person durch die Bewegung auflöste und wieder manifestierte, je nachdem ob sie inne hielt, oder sich bewegte. Die Gestalt war eins mit dieser Wolke. Ständiges Pulsieren durch die Bewegung erzeugte ein Farbenspiel, das sich abwechselnd innerhalb dieser Wolke zeigte. Fasziniert stand Thomas da und beobachtete, wie diese Gestalt auf ihn zu kam. Als er bis auf eine Entfernung von ca. 50 Metern an ihn herangekommen war, konnte Thomas sehen, wer sich in dieser Wolke fortbewegte.

Es war sein Vater, Johann. Und er sah genauso aus wie er ihn das letzte Mal gesehen hatte in seiner Jugend. Nur dass sein Ausdruck ein anderer war. Er kannte seinen Vater nie anders, als dass er ein durch und durch verschlossenes Gesicht hatte. Streng und kalt wirkten seine Augen immer - auf alles was ihn umgab -. Heute schaute ihn ein Gesicht voller Güte an und ein Lächeln strahlte aus seinen Augen und seiner ganzen Art. Thomas ging langsam auf Johann zu. Johann streckte seine Hand aus und zeigte seinem Sohn, dass er gerne näher kommen solle. Als Thomas vor ihm stand, nahm er die Hand von Johann und Thomas wurde erfüllt mit der Liebe seines Vaters. Er spürte, wie die Energie von Johann in ihn überging. Und er spürte, obwohl er für sich seinen Weg gefunden hatte in der Aussöhnung seines bisherigen Lebens, dass dieser Moment nochmals viel auffüllte an verlorenen Gefühlen, die in ihm wohnten. Eine Weile standen sie so da. Johann und Thomas, sein Sohn, der niemals zu Lebzeiten seines Vaters diesem auch nur ansatzweise gerecht werden konnte. Johann löste seine Hand und sprach.

»Mein lieber Thomas, ich sehe Du hast deinen Frieden gefunden, und ich bin sehr glücklich, dass es Dir gelungen ist, den richtigen Weg für dich zu finden. Ich spüre in mir, dass Du die Vergebung erfahren hast, und so weiß ich, dass Du auch mir

und meinen Taten vergeben konntest. Ich danke Dir aus dem Ursprung meiner Seele, dass Du angenommen hast was dir begegnete und für Dich deine innere Ruhe geschaffen hast. Ich habe leider erst nach meinem Ableben dies alles verstanden und daraus gelernt, doch bin ich erfüllt von der göttlichen Liebe und Akzeptanz, und ich habe es angenommen in Demut. Ich komme heute zu Dir um dich zu bitten, dass Du deinem Bruder zur Seite stehst. Peter ist ein Abbild meines Selbst zu Lebzeiten. Er hat mein vorgelebtes Handeln voll übernommen und lebt in andauernder Emotionslosigkeit. Seine Familie leidet, genau wie meine, unter seiner Unfähigkeit Gefühle zu zeigen und Recht und Unrecht zu unterscheiden.

Ich bitte Dich, nehme Kontakt auf und zeige ihm den Weg, der ihm helfen wird sich zu öffnen«.

Johann drehte sich um und ging in Richtung nach unten in den Garten. Thomas folgte ihm und überlegte, was das für ihn zu bedeuten hatte. Er spürte noch immer die Energie die sein Vater ihm übertragen hatte. Tiefe Liebe und Hoffnung erfüllten ihn. Er wusste, dass sein Vater aus gutem Grund ihn dazu erwählte. Denn er hatte diese Phase erreicht, er hatte sich selbst und seinem Umfeld vergeben. Er war in sich, mit sich selbst im Reinen, und er konnte, wenn er es brauchte, seine Energie ganz auf andere verwenden, um ihnen zu helfen.

Er wusste schon lange, dass er gehen könnte, weg von hier, und er würde überall auf der Welt zurechtkommen. Denn sein Glaube an sich selbst und an die Menschen war vorhanden und Selbstverständlichkeit begleitet sein Tun an jedem Tag. Er konnte schon lange die Energiefelder der Pflanzen und Tiere sehen. Und auch die der Menschen, wenn er es wünschte. Doch tat er das nicht sehr häufig. Er konzentrierte sich auf die Pflanzen. Er sah an ihren Auren was sie benötigten. Und handelte. Oder aber er ließ sie in Ruhe. Je nachdem was er empfand, wenn er sie studierte, dementsprechend handelte er. So betrachtete er auch die Farbfelder des Bodens. Und entschied erst nach genauem Anschauen die Umsetzung der Veränderung, ob er jetzt hier oder dort eine Pflanze einsetzte oder nicht.

Johann hatte sich auf eine Steinbank gesetzt unter einer alten Eiche. Thomas setzte sich zu ihm und fragte ihn:
»Und Du meinst, ich sollte das tun. Peter auf den Weg der Erkenntnis führen. Weil Du glaubst oder weißt, dass ich dazu bestimmt bin«?
Johann ließ seinen Blick über die wunderschöne Pflanzenwelt gleiten und sagte.
»So wie Du einer Pflanze zu ihrer vollendeten Schönheit verhilfst, sie unterstützt und pflegst, wenn sie dies braucht, so glaube ich dass Du dies

genauso für Deinen Bruder tun kannst. Ihm helfen zu verstehen und ihm zeigen, wo die Liebe in ihm wohnt. Vertraue auf Deine Gabe und gebe Dich dem Leben hin und Du wirst Deinen Weg zu ihm finden. Du weißt, Du wirst begleitet sein von allen Seelen des Universums und Du wirst dein Ziel erreichen, wenn Du es Dir vor Augen behältst.

Gehe hin und folge deiner Bestimmung, mein Sohn, der Glaube und das Licht werden Dich begleiten«.

Johann stand auf und bat seinen Sohn, dies auch zu tun. Er umarmte Thomas und Johanns Weltenseele verband sich für diesen Moment mit der Seele von Thomas. Sie strahlten gemeinsam aus ihrem Innersten.

Thomas

Thomas machte sich reisefertig. Er hatte mit seinen Glaubensbrüdern gesprochen und ihnen mitgeteilt, dass er auf eine Reise gehen werde um seinem leiblichen Bruder zu helfen. Er hatte während der vielen Jahre im Kloster für seine Tätigkeit als Gärtner kein Geld verdient. Doch war er abgesichert, es wurde gesorgt für ihn wenn er krank war. Die Gemeinschaft lebte und lebt dort, nicht um Profit zu machen. Das Ganze trägt sich über Spenden von Menschen aus aller Welt und jeder, der diesen Ort besucht und sich dort niederlässt, zahlt was er kann, oder wie im Fall von Thomas, er zahlte gar nichts. Aus der Kasse des Klosters wurden ihm einige hundert Euro mitgegeben, dass er seine Reise und seinen Aufenthalt finanzieren konnte. Er hatte über mehrere Tage 2 andere Brüder des Klosters in seine Arbeit eingeführt und ihnen erklärt was sie bei der Pflege der Pflanzen zu beachten hätten.

An einem Montagmorgen ging er ein letztes Mal durch seinen Garten und genoss die Ruhe und Schönheit um ihn herum. Dann nahm er seinen Rucksack und machte sich auf den Weg. Er wanderte die 3 km durch ein kleines Tal zur Bushaltestelle, von wo er dann in die nächst größere Stadt

kommen würde. Von dort ging es an den Flughafen und er würde dann 3 Stunden später in seiner Heimatstadt angekommen sein. Während Thomas durch das kleine Tal wanderte, beobachtete er aufmerksam seine Umgebung. Seit dem Zeitpunkt vor vielen Jahren, als er mit diesem Mann hier an diesem Flecken Erde angekommen war, war viel geschehen. Angekommen in innerer Hoffnungslosigkeit und Aufgabe verbrachte er die erste Zeit zurückgezogen und meistens allein. Man ließ ihn in Ruhe. Er hatte sein kleines Zimmer, in das er sich zurückziehen konnte wann er wollte und er musste gar nichts tun. Es wurden ihm die Gepflogenheiten im Haus erklärt, wann das Essen aufgetragen wird, wann gemeinsame Gesprächsrunden stattfinden, doch wurde ihm auch gesagt, dass er selbst entscheiden könne, ob er dies annehmen möchte oder nicht. Und Thomas entschied sich zunächst für das Alleinsein. Er ging zu den Essenszeiten in den großen Speisesaal und nahm sich vom Buffet das was er wollte und zog sich damit entweder in den Garten oder in sein Zimmer zurück. Er lag anfangs viel im Bett und starrte die Zimmerdecke oder die Wände an. Und es regte sich kaum etwas in ihm. Das innere Aufgeben war groß und er hatte in sich keinerlei Erwartungen mehr an das Leben. Als er eines Tages morgens im Speisesaal sein Frühstück holte, hörte er wie sich 2 Brüder an

einem kleinen Tisch unterhielten. Sie sprachen darüber, dass dringend jemand gefunden werden musste, der sich um den Garten kümmerte. Karl, der Gärtner des Klosters, war schwer erkrankt und er würde vielleicht nie mehr seine Tätigkeit ausüben können. Die beiden Brüder überlegten, wer nun in Frage kommen könnte um diesen Bereich abzudecken. Als Thomas das hörte, regte sich etwas in ihm. Er war schon als Kind gern in der Natur gewesen und eigentlich war es ja sowieso egal was er machte, also konnte er diesen Job ja übernehmen.

Er zögerte noch einen Moment, dann ging er an den Tisch und sagte:

»Ich würde das tun. Ich weiß zwar nicht, was alles zu beachten ist, aber ich kann mir das Ganze ja mal anschauen. Ich war immer gern draußen und vielleicht ist es das Richtige für mich«.

Die 2 Brüder lächelten Thomas an und sagten zu ihm, dass sie sich sehr darüber freuen wenn er die Arbeit von Karl weiterführen würde.

So kam es, dass Thomas seine Zeit meistens draußen verbrachte. Er wurde in alles eingeführt was wichtig war und ihm wurde gesagt, dass wenn er selbst Ideen zur Veränderung habe, diese immer willkommen seien.

Der Garten war gut angelegt und am Anfang tat er nichts anderes, als das was schon da war zu pflegen. Tag für Tag ging vorbei und irgendwann als er mittags im Schatten einer alten Eiche auf dem Boden saß und die getane Arbeit der letzten Stunden begutachtete, er hatte das Gras vom Moos befreit, und auch wenn dieser Rasen eigentlich nicht anders aussah als heute Morgen, so wusste er doch, dass dieser nun wieder atmen und wachsen konnte. Da hatte er plötzlich eine Idee. Er dachte, dass es doch viel schöner wäre, wenn man hier nicht auf dem Boden sitzen müsste, sondern wenn es hier eine schöne Sitzmöglichkeit gäbe. Im hinteren Teil des Klosterhofes lagen viele große Steine und er könnte versuchen hier unter diesem Baum eine Bank damit zu bauen. Und so kam es, dass Thomas anfing den Garten zu gestalten. Er sprach mit den Brüdern und wenn er es brauchte waren 2 andere zur Stelle, die ihm halfen die schweren Steine zu transportieren. Er begann an mehreren Stellen Ruheplätze zu schaffen und er spürte bei jedem fertig gestellten Ort ein gutes Gefühl in sich. Immer mehr fühlte er, dass dieser Garten zu seinem Garten wurde. Er begann sich den Boden und die Pflanzen näher anzuschauen. Er verbrachte viel Zeit damit, einfach da zu sitzen und die Natur zu beobachten. Eines Tages, als er unter einem Baum saß und dabei war einen Oleanderstrauch zu begutachten, der aus irgendeinem Grund nicht

so richtig wachsen wollte, da veränderte sich plötzlich seine Wahrnehmung. Er schaute noch immer auf diesen Strauch, der etwas mickrig und nicht wirklich lebendig da in der Erde eingegraben war. Und er überlegte was es sein könnte, dass dieser nicht vorwärts kam mit dem Wachstum. Da nahm er einen Rahmen um die Pflanze wahr. Sie wurde eingehüllt wie von in einer Wolke. Kleine Fäden, fast wie Spinnfäden, wurden von ihr ausgestoßen und in die Umgebung abgegeben. Je länger er schaute, desto mehr konnte er sehen. Und er sah, dass diese Wolke aus Farbfeldern bestand und in ständigem Austausch mit ihrer Umgebung stand. Ein stetiges Pulsieren sendete Signale nach außen. Er konnte sehen, dass der untere Teil dieser Farbhülle voll mit dunklen Flecken war. Im oberen Bereich sah er rote und grüne Fäden die sich lösten und in die Luft aufgenommen wurden, doch in Bodennähe staute sich dieses Pulsieren und er konnte nur sehr wenig Austausch von der Pflanze mit dem Boden wahrnehmen. Thomas löste seine Betrachtung der Pflanze und sah sich um. Und alles was ihn umgab war umhüllt von dieser Wolke aus Farben. Er stand auf und war fasziniert. Er lief durch den Garten und staunte. Überall konnte er diesen Vorgang beobachten. Das Austauschen von Farbfäden mit der Umgebung und das Pulsieren und Farbenspiel in sich, bei jeder Pflanze die sein Auge anschaute. Er sah, dass selbst die Steine

diese Umrandung hatten und im Austausch mit ihrer Umgebung standen. Je länger er durch den Garten wanderte und all das sah, konnte er an vielen Orten erkennen wo eine Pflanze evtl. nicht am richtigen Ort zu wachsen schien, dass die Voraussetzungen des Bodens oder die der Lage nicht gut für sie waren. Denn er sah es bei den Pflanzen, die sich wohl fühlten und prächtig gediehen. Diese zeigten ein Farbenspiel ohne jegliche dunkle Flecken in ihrer Umrandung. Irgendwann, es war schon gegen Abend, ging er zurück ins Kloster. Und selbst bei dem Gebäude konnte er die Umrandung erkennen und den Austausch von Farbströmen, die sich in die Atmosphäre einfügten und im Gegenzug das Haus solche Fäden von außen aufnahm. Auch im Innern des Gebäudes, egal was sein Auge auch sah, alles war umgeben von einem Feld aus Farbe. Als er in den Speisesaal kam und seine Kameraden sah, wie sie am Buffet standen um sich ihr Essen zu holen oder wie sie am Tisch saßen und sich unterhielten, er konnte bei jeder Person diese Felder erkennen. Und er stand fasziniert da und staunte. Ein ständiges Pulsieren und reger Austausch mit der Umgebung machte jede Person in dieser sie umgebenden Farbwolke einzigartig. Bei manchen wurde sehr viel blau abgegeben, bei manchen hellstes gelb oder rosa. Alle möglichen Farbschattierungen schienen sich ständig neu zu definieren. Thomas stand wie gebannt

da und schaute. Irgendwann kam ein Bruder zu ihm und legte ihm die Hand auf die Schulter und sagte:

»Was ist mit Dir, Thomas, möchtest Du heute nichts essen«?

»Doch. Möchte ich. Nur ich erlebe gerade etwas Unglaubliches. Und ich kann mich kaum lösen von dem, was ich sehe«, sagte Thomas und schaute den Bruder an.

»Möchtest Du mir erzählen, was Du siehst«? fragte der Bruder.

»Ja. Das möchte ich. Können wir uns setzen? Dann werde ich es Dir erzählen«.

Thomas und der Bruder, er hieß Martin, setzten sich an einen kleinen Tisch am Rande des Speisesaals.

Thomas erzählte ihm alles was seit heute Mittag geschehen war. Das, was plötzlich im Garten für ihn sichtbar geworden war, und dass alles um ihn herum mit diesen Farbfeldern umgeben ist. Egal ob organisch oder anorganisch. Alles habe eine Umrandung wie eine Wolke und alles stehe im Austausch mit seiner Umgebung. Und auch die Menschen. Alles was er sehe, ist umgeben mit einem pulsierenden Feld aus Farbströmen. Martin schaute Thomas an und lächelte. Er legte ihm die Hand auf den Arm und Thomas konnte sehen dass aus Martins Hand ein violetter Strom an Farbe in

seinen Arm überging. Und da sah er, dass auch er selbst umgeben war von diesem Feld. Dass sein Arm umhüllt war von hellem Grün und am Rand einen blauen Schimmer hatte. Und das Violett, das Martin ausströmte, ging wie selbstverständlich in seinen Arm über. »Du kannst die Energiefelder Deiner Umgebung sehen. Das nennt man Auren. Alles was existiert auf der Erde ist umgeben von so einem Feld. Und es besteht ein ständiger Austausch in die Atmosphäre. Das Universum besteht aus Energieströmungen die sich selbständig gestalten und vermehren und das Existieren von Lebensräumen ermöglichen. Unser Schöpfer hat dies erschaffen als einen Ausdruck seines Selbst, seiner pulsierenden Licht und Energiequalität. Denn die Energie erschafft die Materie die das Leben entstehen lässt. Und unsere Erde steht in ständigem Kontakt mit dem Universum. So wie alle Seelen aus dieser Energie entstehen und sich irgendwann entscheiden hier auf der Erde in ein Leben einzutauchen um Erfahrungen ihrer Selbstentwicklung voran schreiten zu lassen. Jede Seele sucht sich das Leben aus was sie braucht um auf der Stufe der Erkenntnis voran zu kommen. Um irgendwann der vollkommenen Lichtgewalt unseres Schöpfers nahe zu sein. Der große Vater, wie ich ihn gerne nenne, ist uns in stetiger Liebe verbunden und er hat uns Menschen die Erde erschaffen um hier unsere Seelen wachsen zu lassen. Du kennst sicher

die Geschichte der Menschen von Beginn an, als er die ersten beiden, Adam und Eva, vor die Wahl stellte. Entweder im Paradies zu leben, behütet zu sein, niemals Sorge tragen zu müssen, egal für was oder den Weg der freien Entscheidung und des freien Willens zu wählen, was aber Selbstverant-wortlichkeit und auch mitunter Sorgen und Nöte mit sich bringen würde. Sie könnten jedoch, wenn sie diesen Weg wählen, ihre Seele auf diesem Weg wachsen lassen, sich entwickeln und ihrer eigenen Vollständigkeit näher kommen. Und die beiden ersten Menschen entschieden sich für die Freiheit. Und damit für alles was dies mit sich bringen würde. Denn sie hatten den Wunsch, das zu sehen und zu erleben, was auch der große Vater zu sehen vermag. In all seiner Herrlichkeit«.

Martin sagte dies und stand auf.

»Komm Thomas, jetzt müssen wir uns erst mal was zu essen holen, sonst ist das Buffet leer ge-räumt«, setzte er hinzu und ging zum großen Tisch und füllte sich seinen Teller mit Fleisch und Gemüse.

Thomas stand ebenfalls auf und füllte sich sei-nen Teller mit Essen. Und auch jetzt sah er die Farbfelder die von dem Essen abgegeben wurden. Ein großes Erstaunen war in ihm seit dem Moment als er die erste Farbwolke heute Mittag sah, und er

handelte jetzt fast wie ein Schlafwandler und doch war er voll da. Die Faszination des Geschehens erfüllte ihn von Kopf bis Fuß.

Als beide sich wieder gesetzt hatten und zusammen aßen sprachen sie nicht miteinander.

Thomas war tief in seinen Gedanken versunken. Das Erlebnis was er erfahren hatte und anscheinend jetzt immer haben würde beschäftigte ihn ganz und gar.

Nach dem Essen gingen beide raus in den Garten. Und Thomas konnte sehen, dass selbst in der Dunkelheit die Umgebung erhellt war durch Farbe. Es gab für ihn nicht mehr ein Dunkel. Oder den Zustand von Nacht. Alles was sein Auge in der Dunkelheit wahrnahm war von fluoreszierenden Farbströmungen umgeben oder es pulsierte aus den Dingen selbst. Sie setzten sich auf eine Bank am See und selbst das Wasser sendete stetig kleine farbige Fäden nach oben.

Martin sagte zu Thomas, dass er sehr stolz darauf sein könne, dass er seinen Geist dem Universum in dieser Form öffnen könne. Und dass nicht viele Menschen es vermögen sich selbst dies zu erlauben.

Denn dieses Erlauben – Energie zu sehen – beinhaltet eine gewisse Aufgabe der Freiheit des Einzelnen, sich zum Wohle der Entwicklung und des

Fortbestehens des Universums einzufügen in die Gesamtheit, ohne Sorge darum, dass die Individualität des Selbst verloren geht. Denn dieses Aufgeben zeigt, dass das Wachsen der Gemeinschaft und das Wohl für alles was existiert über dem eigenen Bedürfnis nach Verwirklichung stehen. Und genau in diesem Aufgeben wird sich das Selbst über sich hinaus erheben und sich mit der Entwicklung des Universums als Individuum ebenfalls entwickeln und wachsen.

Thomas hörte zu und staunte noch mehr. Das alles, was seit heute auf ihn einwirkte, das was Martin ihm nun alles erzählt hatte, - er staunte - und wusste erst mal nichts zu sagen.

Sie saßen gemeinsam noch eine Weile auf der Bank, dann gingen beide auf ihre Zimmer und schliefen. Am nächsten Morgen konnte Thomas immer noch das gleiche sehen wie am Tag zuvor. Er war noch immer im Zustand des Erstaunens – und verbrachte wieder so wie jeden Tag seine Zeit im Garten -. Nur ab heute- so schien ihm -, würde er immer wissen was er zu tun hätte, denn er brauchte eine Pflanze nur anzusehen und wusste was nötig war. Und so entwickelte sich dieser Garten, der schon vorher schön und gepflegt war ab diesem Tag zu einem Teil der Landschaft, der einer Oase in der Wüste glich. Thomas sorgte im Laufe der kommenden Jahre dafür, dass jeder

Mensch, der das Kloster besuchte, sich vollkommene Entspannung und innere Erneuerung holen konnte wenn er sich im Garten und in der Umgebung des Klosters aufhielt.

Thomas hatte noch viele Gespräche mit Martin. Dieser erklärte ihm die einzelnen Farbschattierungen und was es bedeutete wenn die Auren in sich dunkle Flecken hatten. Er lernte die Zusammenhänge zu verstehen und, dass er durch die richtige Pflege diese Flecken auflösen konnte und damit die Energieblockaden aufzuheben. Auch lernte er durch die Betrachtung wo sich im Raum Energie staute und den Fluss behinderte. Er konnte sehen, dass Bücher wenn sie in Schlafräumen standen, zu viel Energie an den Raum abgaben, sodass der Schläfer nicht erholsam seine Nachtruhe erhalten konnte. Er ging in jeden Schlafraum des Klosters und beobachtete das Energieverhalten im Raum. Und wenn er das Gefühl hatte, dass entweder Möbelstücke entfernt oder umgestellt werden müssten, dann wurde seinem Wunsch entsprechend gehandelt. Bücher wurden entweder zur Nacht hin abgedeckt oder sie wurden aus den Zimmern entfernt. In manchen Räumen wurden in einer bestimmten Höhe kleine abgerundete Regalbretter angebracht, manchmal in einer Ecke des Raumes

wo ein Brett dann um ein Drittel kürzer war als das andere. Darauf wurden dann je nach Thomas Ansage Flusssteine in verschiedenen Größen gelegt. Wichtig war hierbei, dass diese Steine abgerundet und ebenmäßig waren. Damit die gestaute Energie über diese Steine abfließen konnte.

Neben all diesen, sein Leben vollkommen bereichernden Erfahrungen, sprachen sie auch viel über Thomas Leben. Über seine Familie und seinen Werdegang, den er durchlebte, bis zu dem Tag als er hierher kam. Und Thomas fand in Martin das Gegenüber, das ihn hielt wenn er sein Verzweifeln über sein vorheriges Dasein erzählte. Seine Traurigkeit, die ihn begleitet hatte von Beginn an, seine Einsamkeit, die er lebte innerhalb seiner Familie. Seine Angst vor diesem übermächtigen Vater Johann. Und seine endlose Trauer, die er empfand wenn er an seine Schwester Frieda dachte. Viele Stunden verbrachten Martin und Thomas damit sein Leben anzuschauen. Und Thomas lernte zu verstehen. Und zu verzeihen. Der Umstand, dass er seit geraumer Zeit – sehen konnte – half ihm sehr dabei. Er spürte in sich die Kraft und die Liebe des Universums und damit konnte er seiner Seele und ihren Verletzungen den Raum geben sich zu zeigen und sich zu heilen. Und als er irgendwann dann an diesem einen Tag Johann auf

dem Berg getroffen hatte, da war das Verzeihen schon geschehen und er konnte seinem Vater in Liebe begegnen.

Thomas hilft Peter

Als Thomas aus dem Flugzeug stieg, regnete es. Für einen Moment blieb er auf dem Rollfeld stehen und betrachtete fasziniert den Regen wie er farbenfroh mit jedem Tropfen sich in den Untergrund einfügte. Gerade bei Regen war das Energieschauspiel wunderschön. Denn es war als bewege man sich durch einen Lichtvorhang. In allen Farbnuancen die es gibt. Thomas löste sich aus seiner Betrachtung und ging ins Terminal und von dort aus zum Ausgang des Flughafens. Er ging zur Bushaltestelle und suchte nach der richtigen Verbindung zur Vorstadt. Er hatte sich von Spanien aus in einem kleinen Hotel ein Zimmer gemietet, welches nahe an dem Haus von Peter gelegen war. Laut Fahrplan würde der Bus in 5 Minuten kommen. Er setzte sich auf eine Bank und schaute dem Geschehen vor dem Flughafen zu. Unzählige Menschen gingen rein und raus. Ein stetiges Treiben und Bewegung erfüllte diesen Platz. Thomas sah alles und jeden etwas anders als die anderen, deshalb hatte er wirklich sehr viel zu bestaunen. Er hatte ja die letzten Jahre sein Hauptaugenmerk auf die Pflanzen gerichtet. Aber hier waren es hauptsächlich Menschen und Maschinen. Und es war fast zu viel für ihn, was er sah. Jede Person hatte ihre Aura und jede war anders. Und bei vielen nahm er

diese dunklen Flecken wahr. Und er wusste, dass diese Menschen deshalb Probleme hatten. Oder besser gesagt, die Probleme der Menschen verursachten diese Flecken in ihrem Energiefeld. Doch spürte Thomas nicht den Wunsch in sich, jetzt auf diese Menschen zuzugehen um ihnen vielleicht zu helfen. Es war ihm bewusst, dass er nicht jedem und allem auf dieser Welt mit seiner Gabe dienen konnte. Er war als Mensch begrenzt in seinem Tun, da er nur eine gewisse Menge an Energie speichern konnte und diese auch bewusst wieder auffüllen musste, um den Fluss in Bewegung zu halten. Und es gab genug Menschen wie ihn auf dieser Welt und alle taten ihren Teil zu helfen. Und jeder spürte in sich wo seine Hilfe benötigt wird und zu wem oder was sich der Sehende hinwenden sollte. Kurz überlegte er, ob er sich von den Pflanzen weg orientieren sollte um sich ausschließlich um menschliche Auren zu kümmern. Doch fühlte er sich damit nicht so wirklich wohl. Jedenfalls zu diesem Zeitpunkt nicht. Als der Bus angekommen und Thomas eingestiegen war, setzte er sich ans Fenster und kam zu dem Schluss, dass es gut so sei wie es ist. Er kümmerte sich um die Natur und vielleicht manchmal um einen Menschen, so wie jetzt um seinen Bruder, doch mehr wollte er erst mal nicht. Entspannt lehnte er sich zurück und betrachtete die Landschaft auf der Fahrt in die Stadt. Als er in seinem Hotel angekommen war, ging er auf

sein Zimmer und duschte. Dann ging er in das kleine Lokal an der Ecke und aß zu Abend. Er lief noch eine Weile durch die Straßen der Vorstadt und staunte auch hier. Zudem, dass sich heute sowieso alles, was er sah, anders, lebendiger zeigte, war es nochmal ein ganz anderes Sehen weil er so vieles hier aus seiner Kindheit kannte. Und damals hatte er es niemals so intensiv gesehen. Das was damals sein Sehen begleitete, die Erfahrungen seines Lebens hatten vieles hier in einem faden Licht erscheinen lassen. Grautöne und Schmutz, das war das Erinnern von früher. Doch heute sah er dies mit anderen Augen. Und er dankte dafür. Er schaute nach oben in diesen unendlichen Nachthimmel und dankte dem Universum für das Geschenk des Sehens. Dann ging er zurück ins Hotel. Er legte ein Tuch über das kleine Bücherregal, das neben dem Bett stand und ging schlafen. Am nächsten Morgen, es war ein Sonntag, wollte er seinen Bruder besuchen. Thomas machte sich nach dem Frühstück auf den Weg. Er wollte, bevor er zu Peter ging, noch einen Spaziergang machen. Die Sonne strahlte vom Himmel und die Luft war angenehm warm. Thomas ging durch die Straßen und suchte nach dem kleinen Weg, der zwischen zwei Häusern in dieser Straße durchgehen musste. Diesen Weg war er früher immer mit seinem Fahrrad gefahren um in den nahe gelegenen Wald zu

kommen. Und da sah er ihn: Peter. Er joggte und lief gerade aus dem kleinen Weg heraus und bog ab in die Richtung, aus der Thomas kam.

Thomas blieb stehen und wartete. Peter kam geradewegs auf ihn zugelaufen. Und wollte gerade an ihm vorbei, da sagte Thomas:
»Hallo, Peter«.
Peter blieb stehen. Er schaute Thomas an und fragte: »Kennen wir uns«?
Thomas sah Peter an und langsam dämmerte es Peter wer das war, der ihm hier gegenüber stand:
»Thomas! Mensch, Dich habe ich ja Jahre nicht gesehen. Das ist ja ein Ding! Du hier und dann auch noch so gut aussehend! Was hast Du nur getrieben die ganze Zeit«?
Peter klopfte Thomas auf die Schulter und lachte. Thomas lächelte Peter an und sagte.
»Ja. Das ist ein Ding. Dass wir uns hier treffen. Wie geht es Dir, Peter«?
»Danke, mir geht's gut. So wie immer. Alles im grünen Bereich. Ich bin fit und erfolgreich. Und wie läuft's bei Dir? Mensch, hast Du vielleicht Zeit auf ein Bier? Da vorne ist ein kleiner Biergarten, da könnten wir was trinken und uns was erzählen. – Sowas aber auch, der Thomas, und das nach all den Jahren«.
Peter ging schon in die Richtung zum Biergarten, ohne die Antwort von Thomas abzuwarten.

Thomas lächelte und, während er ihm folgte, sagte er: »Klar, das machen wir, gehen wir ein Bier trinken«.

Im Biergarten angekommen, holten sich beide etwas zu trinken an der Theke. Peter nahm wie vorher angekündigt zwar kein Bier, aber ein Radler. Er meinte lachend zu Thomas, es wäre ja nun doch noch etwas früh für eine echte Halbe. Thomas bestellte sich einen Kaffee und ein großes Glas Wasser. Mit ihren Getränken setzten sie sich an einen Tisch, der unter einem Baum stand. Peter schaute Thomas an und lachte wieder:

»Mensch, echt, ich find das klasse, dass Du ausgerechnet jetzt da auf der Straße warst«.

Thomas trank einen Schluck von seinem Kaffee und lächelte Peter wieder an. Und bejahte ebenfalls, dass er es gut findet, dass sie sich jetzt getroffen haben.

»Ja. Jetzt erzähle. Wo warst Du die ganze Zeit«?
Interessiert schaute Peter Thomas an.

»Ich war, oder bin immer noch, in Spanien. Ich lebe in einem Kloster. Und ich bin zu Besuch hierhergekommen«.

Thomas nahm einen großen Schluck aus dem Wasserglas.

»Wie? Zu Besuch? Wen? Mich oder was? Oder Klaus? Oder unsere alte Mutter? Die lebt noch, ist

mir zwar ein Rätsel warum, aber sie lebt noch. Unser Vater ist gestorben vor einiger Zeit, vielleicht hast Du davon gehört. Ich habe mich um den Hausverkauf gekümmert und die Beerdigung und alles andere. Klaus und seine Frau, die haben eine Scheißgeschichte mit ihrem Kind erlebt. Stell Dir vor, das Kind wurde im Wald verschleppt und von so einem Irren missbraucht. Und jetzt ist das Kind voll gestört. Wenn man den sieht! Der redet nix mit einem, der haut nur immer gleich ab. Nee, nee, nee. Das ist echt nicht leicht wenn man Kinder hat. Also ich würd meinen was geben wenn die so unfreundlich wären zu den Erwachsenen«.

Peter sagte das, und nahm einen großen Schluck aus seinem Glas.

»Ich glaub, ich hol mir noch eins. Bin gleich wieder da«.

Peter stand auf und ging an die Theke.

Thomas dachte nach über das, was Peter ihm erzählt hatte. Ja. Peter war noch genauso wie immer. Der gleiche Ton in der Stimme, die gleiche Art zu sprechen und zu denken. Früher hatte es ihn gefroren, wenn er seinen Bruder sprechen hörte. Denn sie waren nie auf einer Wellenlänge. Thomas konnte nie damit umgehen, dass Peter so ganz wie der Vater war. Peter setzte sich mit seinem gefüllten Glas wieder an den Tisch.

172

»Jetzt sag mal, was hast Du getrieben die ganzen Jahre? Und warum bist Du jetzt hier? Und .... wie? Du lebst in einem Kloster? Bist Du jetzt ein Mönch oder was«?, fragte Peter.

»Ich bin kein Mönch. Ich lebe in einer Gemeinschaft mit Menschen, in der jede Glaubensrichtung willkommen ist. Ich bin seit vielen Jahren der Gärtner der Anlage. Wir leben und arbeiten für das Wohl aller Menschen. Es ist ein Ort wo jeder kommen kann und bleiben kann, solange er es benötigt oder möchte. Und ich freue mich, wenn Du eines Tages mit Deiner Familie kommst«.

Thomas trank den letzten Schluck Kaffee und setzte hinzu.

»Ich bin hierhergekommen um mit Dir zu sprechen. Ich glaube, Du brauchst meine Hilfe«.

Peter schaute Thomas an. Irgendwie konnte er nichts darauf sagen. Er war irritiert. Thomas sprach in einer Art mit ihm, die für Peter – fremd – war. Seine Stimme war ruhig, entspannt und sein Tonfall gleichmäßig. So kannte er seinen Bruder nicht. Es war ihm, als säße vor ihm ein anderer Mensch.

»Weißt Du Peter, ich habe viele Erfahrungen gemacht in den letzten Jahren meines Lebens, die mein gesamtes Sein veränderten. Mein Innerstes hat sich gewandelt und entwickelt. Ich habe mich ausgesöhnt mit den Begebenheiten meines Lebens.

Und ich bin an einem Punkt, der das Miteinander und das Helfen, wenn es vonnöten ist, ermöglicht. Und ich glaube, dass Du Hilfe benötigst. Deshalb bin ich hier. Wenn Du es einrichten kannst, würde ich gerne mit Dir mehr Zeit verbringen«. Thomas sagte dies und schaute Peter offen an.

»Ja. Können wir machen. Muss jetzt nur erst nach Hause zum Mittagessen. Du kannst mitkommen, wenn Du willst, Marianne freut sich bestimmt Dich zu sehen«! Peter stand auf.

Thomas nickte und stand ebenfalls auf. Zusammen gingen sie zu Peter nach Hause.

Peter war in der Tat etwas durcheinander seit er Thomas getroffen hatte. Er wusste nicht wirklich was er sagen sollte und das war etwas Neues für ihn. Die Ruhe, die sein Bruder ausstrahlte und sein Anderssein irritierten ihn. So kamen sie schweigend bei Peter zuhause an. Als sie zur Tür hereinkamen rief Marianne schon aus der Küche, dass das Essen gleich fertig sei. Sie sagte noch, dass Peter aber sehr lange heut beim Joggen war und ob irgendetwas passiert sei.

Peter ging mit Thomas in die Küche und sagte: »Schau Marianne, wen ich mitgebracht habe, meinen alten Bruder Thomas«!

Als sie in die Küche kamen, sah Thomas Marianne wie sie mit dem Rücken zur Tür an der Spüle stand und eine Arbeit verrichtete. Dann drehte sie sich um, wischte ihre Hände an ihrer Schürze ab, und kam auf ihn zu:

»Thomas! Was für eine Freude! Du hier! Ich dachte nicht, dass ich Dich noch einmal in diesem Leben sehen werde! Wie geht es Dir? Willst Du mit uns essen? Das wäre schön«! Sie sagte das und gab Thomas die Hand.

Thomas nahm die Hand von Marianne und er konnte die tiefe Trauer spüren die in diesem Menschen wohnte. Er hatte schon bei Peter im Sehen seiner Aura sehr viele dunkle Stellen wahrgenommen. Und auch bei Marianne sah er viele dunkle Stellen, die ihr Sein und ihren Energiefluss beschwerten. Er hielt ihre Hand und konzentrierte sich auf die Hoffnung und den Glauben und sendete ihr in Gedanken diese Elemente der Seele.

Marianne war genau wie Peter irritiert. Sie löste ihre Hand und räusperte sich, dann sagte sie:

»Naja, das ist aber schön dass Du da bist. Geht doch schon rüber ins Esszimmer, dann können wir gleich essen. Peter, wenn Du bitte den Kindern sagst, sie sollen zum Essen kommen«.

Peter und Thomas gingen aus der Küche und Peter rief im Flur nach den Kindern.

»Marc! Schau wer da ist! Dein Onkel Thomas! Komm jetzt runter, es gibt essen! Und bring Deine Schwester mit! Die soll jetzt endlich raus aus den Federn! Subito«!

Peter setzte sich an den gedeckten Tisch. Er bat Thomas, ebenfalls Platz zu nehmen. Marianne kam herein mit 2 Schüsseln, diese stellte sie auf den Tisch. Danach ging sie zum Schrank, holte noch einen Teller und ein Glas und stellte es vor Thomas hin. Sie ging zurück in die Küche und kam nach kurzer Zeit wieder mit einer Platte Braten und Besteck für Thomas. Dann setzte sie sich ebenfalls. Peter legte sich Fleisch auf den Teller und sagte: »Thomas, bedien Dich! Ist genug für alle da«!

Während Marianne und Thomas sich das Essen auf ihre Teller füllten, hörten sie, wie im oberen Stockwerk ein Schrei ausgestoßen wurde. Eine Jungenstimme schrie laut und gellend.

»Nein!!!!! Mama!!! Komm schnell!!!!! Bitte«!!!!!. Dann war Stille.

Marianne sprang auf. Ihr Stuhl fiel um, doch das bekam sie gar nicht mehr mit. Sie war schon

auf dem Weg nach oben. Peter und Thomas schauten sich an. Peter zuckte mit den Schultern und begann zu essen. Dann hörten sie weitere Schreie. Diesmal von Marianne. Sie schrie immer wieder »Nein!!! Nein!!! Oh mein Gott!!! Michaela!!! Was hast Du getan!!!! Oh mein Gott!! Was ist nur geschehen???!!!! Peter!!!! Komm schnell nach oben!!!! Michaela ist tot«!

Marianne hatte dies gerufen und dann hörten sie, wie sie hemmungslos anfing zu weinen.

Thomas und Peter liefen nach oben. Sie kamen in das Zimmer von Michaela. Marianne kniete vor ihrem Bett und streichelte in hektischen Bewegungen über den Körper ihrer Tochter. Marc saß auf der anderen Seite des Bettes auf dem Boden und starrte auf seine Schwester. Michaela lag auf ihrem Bett, sie hatte sich die Pulsadern aufgeschnitten und alles um sie herum war voller Blut. Sie schien zu schlafen oder sie war tot.

Peter stand in der Tür, wie erstarrt. Nichts regte sich an ihm. Thomas ging zum Bett und fasste Marianne vorsichtig an den Schultern und bat sie, ihn zu Michaela zu lassen. Er hatte schon im ersten Moment gesehen, dass die Aura des Kindes noch da war. Und er wusste, dass sie nicht tot ist. Er griff nach 2 T-Shirts die auf einem Stuhl lagen und

band damit die Handgelenke ab, um zu verhindern dass das Kind noch mehr Blut verlor und sagte zu Peter: »Geh und ruf den Notarzt. Und sage ihnen, dass es auf Messers Schneide steht. Sie müssen sofort kommen«.

Peter hörte, was Thomas sagte, aber er regte sich nicht. Thomas drehte sich zu ihm um und fasste ihn an den Schultern: »Peter! Hörst Du! Geh und ruf den Notarzt«!

Peter reagierte endlich. Er drehte sich um und lief die Treppe hinunter. Thomas konnte hören wie er telefonierte. Thomas kniete sich neben Michaela und legte seine Hände auf Ihren Oberkörper. Er sendete alles, was in seinem Innersten an Kraft und Hoffnung vorhanden war, in ihr schlafendes Herz. Und er betete für diese Kinderseele, dass es ihr gelingen möge dies zu überwinden. Marianne kniete auf dem Boden und weinte still vor sich hin. Dabei wippte sie mit ihrem Oberkörper vor und zurück. Der Junge, Marc, saß noch immer auf dem Boden und starrte seine Schwester an. Dann klingelte es an der Tür. Und im nächsten Moment waren ein Arzt und 2 Sanitäter im Raum. Thomas machte Platz und ging um das Bett herum zu Marc. Er fasste ihn an den Schultern und zog ihn vom Boden hoch, dann führte er ihn aus dem

Raum. Der Arzt untersuchte kurz das Mädchen, dann legten die beiden Sanitäter Michaela auf die mitgebrachte Trage und im nächsten Moment waren sie mit ihr auf dem Weg nach unten. Der Arzt schaute Marianne an und fragte, welche Blutgruppe ihre Tochter habe. Marianne schien den Arzt nicht zu hören. Sie wippte vor und zurück und weinte still. Der Arzt kniete sich auf den Boden und packte Marianne an den Schultern: »Frau!! Sagen Sie mir was für eine Blutgruppe ihre Tochter hat«! Marianne schaute den Arzt an. Und von irgendwoher aus dem Innern ihrer Selbst kamen die Worte: »Null positiv«.

Der Arzt bedankte sich und ging nach draußen. Thomas war mit Marc in sein Zimmer gegangen und hatte beruhigend auf ihn eingesprochen. Er kam wieder ins Zimmer von Michaela und setzte sich vor Marianne auf den Boden. Er legte ihr seine Hände auf die Arme und schaute sie an. Dann sagte er: »Marianne, schau mich an. Bitte. Versuche mich anzusehen und mir zu zuhören. Wir werden jetzt alle zusammen ins Krankenhaus fahren um zu sehen was mit Michaela passiert. Vertraue darauf, dass sie in guten Händen ist. Steh jetzt bitte auf und mach Dich fertig, dass wir gehen können«.

Thomas sagte dies alles in einem sehr ruhigen, aber bestimmten Ton. Marianne stand auf und ging aus dem Zimmer nach unten. Thomas ging in

das Zimmer von Marc und holte ihn. Peter war draußen im Garten. Er saß auf einer Steinbank unter einem Baum und starrte vor sich hin.

Thomas ging zu ihm und sprach mit ihm. Er kniete sich vor ihm nieder, fasste ihn fest an den Schultern und im gleichen ruhigen, aber bestimmten Ton wie er mit Marianne gesprochen hatte, sagte er ihm, was er zu tun hatte. Das Auto aus der Garage zu holen um gemeinsam ins Krankenhaus zu fahren.

Peter tat, wie ihm geheißen. Und kurze Zeit später waren sie im Krankenhaus angekommen.

Peter und Marianne sprachen kein Wort während der Fahrt. Thomas unterhielt sich mit Marc und erklärte ihm, dass es sicher nicht zu spät gewesen war, und dass es ein Glück für Michaela sei, dass er sie gefunden habe. Er machte ihm Mut, darauf zu vertrauen, dass es seiner Schwester bald wieder besser gehen würde. An der Information wurde ihnen gesagt wo sich Michaela befand. Sie stiegen in den Aufzug und fuhren in das 2te Stockwerk. Über der Tür zur Station hing ein Schild darauf stand: Psychiatrische Kinder- und Jugendstation. Peter sah dies und schnaubte: »Pah Was soll sie denn hier? Die ist doch nicht psychisch krank! Sie hat sich doch nur die Arme aufgeschnitten«.

Thomas legte Peter die Hand auf den Rücken und sagte: »Peter, lass uns rein gehen und sehen wie es ihr geht. Es wird schon seinen Sinn haben, dass sie hier untergebracht wurde«.

Nach kurzer Zeit hatten sie einen Arzt gesprochen der ihnen sagte, dass Michaela eine Bluttransfusion bekommt, da sie sehr viel Blut verloren habe. Sie schlafe und dies würde sie auch noch eine Weile tun. Sie alle müssten sich gedulden und darauf hoffen, dass es ihr bald besser gehen wird. Der Arzt hieß Dr. Berger und nachdem er dies gesagt hatte schaute er Marianne an und setzte hinzu: »Ich habe das Gefühl Ihnen geht es gar nicht gut. Möchten Sie, dass ich Sie kurz anschaue«?

Marianne schaute Dr. Berger an und fing an zu weinen. Der Arzt fasste sie am Arm und führte sie in ein Zimmer und schloss die Tür. Thomas berührte Peter wieder an der Schulter und sagte: »Komm Peter, wir gehen runter in den Park und setzen uns ins Cafe. Wir können im Moment nichts tun«.

Er klopfte bei dem Arzt an die Tür und öffnete sie. Er gab ihm kurz Bescheid wo sie wären wenn er sie brauche, dann fuhren sie nach unten. Sie gingen in den Park des Krankenhauses und setzten sich an der Cafeteria an einen Tisch unter einen

Baum. Thomas holte für Peter und sich einen Kaffee und Wasser und für Marc eine Fanta. Peter sprach kein Wort. Schweigend saß er da und trank den Kaffee. Thomas fragte Marc, wie alt er sei, wie ihm die Schule gefalle und ob er denn einen Sport betreibe. Marc erzählte und Thomas gelang es mit diesem Gespräch dass der Junge seine Versteinerung, die ihn befallen hatte beim Anblick seiner Schwester, etwas loslassen konnte. Und sich mit ihm austauschte.

Thomas beobachtete dabei die Aura des Kindes genau und stellte fest, dass sich die Felder um Marcs Körper langsam beruhigten. Er hatte zuvor im Zimmer seiner Schwester in unglaublicher Geschwindigkeit rote und gelbe Energiestränge nach außen geschickt, und das Blau seiner äußeren Hülle war in einem ständigen Wechsel von hellstem Lichtblau hin zu dunkelstem Mitternachtsblau.

Thomas hatte sehr wohl schon im ersten Moment gesehen, dass bei allen Mitgliedern der Familie dunkle Flecken ihre Energiezufuhr behinderten, doch bei Marc war es relativ gering, was an Blockaden vorhanden war. Er war sich sicher, dass dieser Junge seinen Weg gehen würde, vor allem wenn er so wie jetzt die Hilfe von Thomas erfahren

konnte. Während sich Thomas und Marc unterhielten saß Peter schweigend da. Irgendwann aber
sagte er aus dem Nichts heraus:

»Ich weiß nicht mehr, was ich tun soll«. Thomas
und Marc schauten Peter an.

»Wenn Du möchtest, gehen wir nachher spazieren,
ich möchte Dir gerne etwas erzählen. Doch sollten
wir zuerst nach deiner Frau und deiner Tochter
sehen«. Thomas sagte das und stand auf.

Zusammen fuhren sie wieder in den 2ten Stock.
Gerade kamen Marianne und der Arzt aus dem
Zimmer. Dr. Berger hatte mit Marianne lange gesprochen und ihr ein Medikament gegeben um zur
Ruhe zu kommen. Er sagte zu ihr in dem Moment
als Thomas, Peter und Marc aus dem Aufzug stiegen: »Versuchen Sie zur Ruhe zu kommen, und
bitte melden Sie sich bei Dr. Dressmeyer. Sie erwartet dann Ihren Anruf«. Der Arzt bat alle, sich
noch etwas zu gedulden, er werde jetzt nach Michaela schauen.

Nachdem er zurückkam sagte er ihnen, dass es
dem Mädchen soweit gut gehe, doch sollten sie
jetzt nach Hause fahren, denn sie könnten im Moment nichts weiter für Michaela tun. Er schaute
Marianne an und verabschiedete sich mit folgenden Worten.

»Geben Sie nicht auf. Sehen sie das Geschehene als eine Chance. Es ist nichts verloren. Sie haben die Möglichkeiten in der Hand, damit sich alles zum Guten wendet. Wir sehen uns dann morgen«. Dann verschwand der Arzt in einem Zimmer.

Thomas, Peter, Marianne und Marc stiegen in den Aufzug. Sie fuhren schweigend nach unten und nach Hause. Zuhause angekommen legte sich Marianne hin. Thomas und Marc räumten den Mittagstisch ab und versorgten die Speisen. Peter ging wieder in den Garten. Marc setzte sich dann vor den Fernseher und schaute das Nachmittagsprogramm. Thomas ging nach oben und säuberte das Zimmer von Michaela. Er zog das Bett inklusive des Matratzenbezugs ab und entschied nach kurzer Zeit, dass diese Dinge für immer ausgedient hätten. Zu viel Blut war darauf. Es würde sich nicht mehr reinigen lassen – ohne nicht auf immer daran zu erinnern. Er brachte alles in die Garage und dort steckte er es in die Mülltonne.

Dann ging Thomas in den Garten. Er setzte sich neben Peter, der wieder auf der Steinbank saß.

»Peter, ich würde Dir nun gerne erzählen warum ich zu Dir gekommen bin. Du musst nichts sagen. Ich möchte Dich nur bitten, mir zuzuhören. Mehr brauchst Du nicht zu tun. Ich weiß sehr gut in welcher Lage Du Dich befindest. Und ich möchte Dir

einen Weg aufzeigen, dass Du einen Ausweg sehen kannst«.

Thomas sagte das und legte dabei sanft seine Hand auf Peters Arm. Er schickte bewusst alle Liebe und Hoffnung, die er in sich trug, an seinen Bruder weiter. Und er konnte sehen wie pures Magenta aus seiner Hand in seinen Bruder überging. Peter drehte den Kopf und sah Thomas an. Seine Augen zeigten keine Hoffnung, doch zeigten sie auch keine Ablehnung. Thomas empfand seinen Blick als ein neutrales Nichts. Und damit wusste er, dass Peter erreichbar sein würde. Denn ein neutrales Nichts war ein Zustand, der Veränderung zulassen würde. Und mehr brauchte Thomas nicht.

Er begann Peter seine Geschichte zu erzählen. Sein Erleben in der Kindheit, seine Trostlosigkeit bis zu dem Zeitpunkt, als er ins Kloster kam und den Beginn des Wandels durch sein neues Leben. Er erzählte von seiner Erfahrung mit der Natur, von den Gesprächen, die er mit Martin geführt hatte und von dem Beginn als er seine Gabe entdeckte. Er blieb sehr lange bei der Beschreibung dessen, was dieses Sehen für ihn bedeutet und was es ihm ermöglichte. Seit dem ersten Beginn sei in seinem

Innersten die Wahrheit verankert, dass die Weltenseele in jedem Lebewesen innewohnt und die Ruhe dieser Gewissheit lässt jegliches Erfahren aushalten. Er teilte Peter mit wie sich die Erfahrungen
der Menschen auf die Entwicklung ihrer Seelen
auswirkt und, dass alle Seelen in sich das Wissen
tragen, ein Teil des Universums zu sein. Dass die
Zeit einer Seele auf der Erde ein Entwicklungspro-
zess ist den sie – selbst gewählt – durchlaufen
wird. Er beschrieb ausführlich die Begegnung mit
Johann und dem Wunsch des Vaters, dass er zu
seinem Bruder gehen solle um ihm zu helfen.

Peter denkt nach

Peter hatte zugehört. Warum - das war ihm selbst nicht ganz klar -. Vielleicht lag es an der Art und Weise wie Thomas mit ihm sprach. Er hatte schon vom ersten Moment an gedacht, dass sein Bruder ein vollkommen Anderer ist. Nichts war mehr von dem Verlierer zu sehen, den er kannte. Und er strahlte eine seltsame Ruhe und Liebe aus. Das Wort Liebe, es war für Peter seit je her ein Wort, das er nur aus Filmen kannte. Er selbst spürte zwar Stolz in sich und evtl. mal Zuneigung für etwas. Doch er hatte sich mit seinen Gefühlen eigentlich immer unter Kontrolle. Jedenfalls bei den Gefühlen wo es nicht ums Existenz erschaffen und erhalten ging. Bei allem, was sein Leben finanzierte, war er ein richtig harter Brocken. Er setzte sich durch und fand immer den Profit nach dem er strebte. Mit seiner Familie lief es so lala.

Seine Frau Marianne war ihm damals sozusagen vor die Füße gefallen. Sie hatte in der Kaserne als Putzfrau gearbeitet. Und als er eines Tages in der Kantine einen Kaffee trinken wollte, da lief sie mit einem vollen Tablett an ihm vorbei und stolperte. Und dann lag sie vor ihm und um sie herum kaputte Tassen und Teller. Er hatte ihr aufgeholfen

und sie kamen ins Gespräch. Und aus diesem Gespräch entwickelte sich eine Freundschaft, die irgendwann dazu führte, dass sie schwanger wurde. Sie heirateten und Peter sagte ihr, dass sie ihre Arbeit aufgeben könne da er genug für sie und die Kinder verdienen würde. So wurde dann zuerst seine Tochter geboren und einige Jahre später sein Sohn.

Er hatte von Johann all das übernommen was dieser ihm vorgelebt hatte weil Peter den Erfolg von seinem Vater gesehen hatte. Er war rechtschaffen gewesen sein ganzes Leben. Er hatte immer dafür gesorgt, dass seine Familie nie in finanzielle Nöte kam. Gut. Peter hatte irgendwann begriffen dass körperliche Gewalt zwar in seiner Jugend ein gutes Mittel war um seinen Willen zu bekommen, doch später nahm er Abstand davon, denn er wollte nicht riskieren dass er je seine Position bei der Armee gefährden würde. Und wenn er sich in körperlicher Gewalt ausdrücken würde, wäre immer die Gefahr da, dass jemand gegen ihn im Nachhinein vorgehen könnte. So machte er viel Sport um die Aggressionen, die durchaus entstanden, wenn er gerade im privaten Bereich seinen Willen nicht immer bekam oder seine Vorgaben nicht eingehalten wurden. Er hatte nie eine besonders enge Bindung zu Marianne entwickelt und

auch nicht zu seiner Tochter. Sie war wie ihre Mutter. Sein Sohn Marc, mit dem konnte er ganz gut. Marc war sportbegeistert und konsequent in dem, was er tat. Und das gefiel Peter. Jetzt saß er da und dachte darüber nach was Thomas ihm erzählt hatte. Und er dachte an Michaela. Wie sie da gelegen hatte, blutüberströmt in ihrem Bett. Er war sehr erschrocken als er sie gesehen hatte, fühlte sich aber im nächsten Moment unfähig, irgendetwas zu tun. Er war jetzt nur froh, dass Thomas genau zu diesem Zeitpunkt da gewesen war. Er schaute Thomas an und sagte: »Ich weiß gar nicht, was ich sagen soll. Es ist mir mehr als fremd von was Du da sprichst. Aber irgendwie glaub ich Dir. Weil, Du bist so ganz anders als Du früher warst. Ich bin nicht so geübt in Gefühlsdingen, weißt Du. Ich bin eher praktisch. Das war ich immer. So wie Vater. Ich dachte immer wenn ich genug Geld ran bringe, ist das schon gut so, dann geht's allen gut. Ich weiß überhaupt nicht warum Michaela das jetzt getan hat. Sie hat doch alles gehabt was sie sich wünscht. Und was jetzt mit Marianne los ist versteh ich auch nicht. Das ist mir alles zu viel«.

Thomas hörte Peter aufmerksam zu und legte ihm wieder die Hand auf den Arm. Für einen Moment konzentrierte er sich auf seinen Arm und wieder sah er, wie magentafarben die Energie in seinen Bruder überging. Er sagte dann zu ihm.

»Peter, Du musst gar nichts sagen, es ist gut wenn Du versuchst darüber nachzudenken und Du kannst gerne Deine Gedanken mit mir teilen. Ich denke, dass Michaela so wie auch Marianne in sich sehr traurig sind. Weißt Du, nicht jeder ist so stark wie Du, dass er alles mit sich alleine ausmacht.

Und Deine Tochter ist mitten in der Pubertät, da gibt es viele Dinge die ein junges Mädchenherz belasten. Deine Frau hat, so wie es aussieht ebenfalls Probleme, über die sie mit Dir aber nicht gesprochen hat. Und was jetzt mit eurer Tochter geschehen ist, war zu viel für sie. Weißt Du Peter, Reden und Verstehen ist genauso wichtig wie Geld verdienen und für die Familie zu sorgen. Und ich glaube, Du kannst das lernen. Reden und Verstehen. Es ist gar nicht so schwer, Du solltest es einfach mal probieren. Schau mich an. Ich bin ein Anderer. Ich habe es auch gelernt und möchte nie mehr ohne dies sein. Einem Anderen zuhören und ihn ernst nehmen mit seinen Problemen. Und versuchen, ihm zu helfen, wenn er das braucht. Manchmal reicht es für einen Menschen wenn er einfach nur sprechen kann, ohne dass der andere etwas tun soll, einfach nur zuhört. Und manchmal kann man einen guten Rat geben oder tatsächliche Hilfe leisten. Versuche es Peter. Du brauchst nichts weiter zu tun als zuzuhören wenn Dir jemand

etwas erzählt. Höre in dich hinein und denke an die Momente zurück als Du noch klein warst. Und es gab auch eine Zeit vorher. Bevor Du stark warst. Bevor Du gelernt hattest es zu sein. Versuche dich an diese Momente zu erinnern. Als Du selbst Unsicherheit verspürt hast, oder traurig über etwas warst. Oder Du dich ungerecht behandelt gefühlt hast. Geh in dich Peter, ich bin mir sicher, es gibt diese Momente in Deiner Kindheit. Da kannst Du anfangen. Hol Dir so eine Begebenheit vor Augen und schau Dir die Szene noch einmal an. Und versuche sie zu sehen und zu spüren, ohne dass deine Stärke, die Du hast, die Entscheidung trifft. Du weißt, dass Du diese Situationen auf Deine Art gelöst hast. Also brauchst Du keine Sorge haben, dass Du das nicht anschauen könntest. Habe den Mut es zu tun. An den Moment zurückzugehen wo Du in der Position der Angst warst. Wenn Du das tust, wirst Du lernen zu verstehen. Denn dann kannst Du bereit sein Dich einzufühlen in die Probleme von anderen. Das Leben birgt unglaublich viel Schönes, Peter. Und ich spüre in meinem Herzen, dass Du mich verstehen wirst«.

Thomas stand auf und legte Peter noch einmal seine Hand auf die Schulter. Dann ging er ins

Haus und schaute nach Marc. Peter blieb auf der Bank sitzen und dachte nach über das was Thomas ihm gesagt hatte.

Marianne kam irgendwann am Abend aus ihrem Schlafzimmer und wirkte entspannter. Sie fragte in die Runde ob jemand Hunger habe und wärmte das Essen vom Mittag auf. Marc und Thomas hatten einige Stunden damit verbracht in Marcs Zimmer Videospiele zu spielen und Marc wirkte gelöst als er sich an den Tisch setzte. Peter war noch lange Zeit im Garten gesessen und hatte über all das, was Thomas ihm gesagt hatte, nachgedacht. Seit heute Mittag war er an einem Punkt in seinem Leben angekommen wo er spürte, dass es so wie bisher nicht mehr sein würde in seiner Zukunft. Er wusste zwar in sich noch nicht wo es hingehen würde, aber irgendetwas hatte sich verändert in seinem Inneren. Er saß am Tisch und nahm sich von dem Fleisch und den Beilagen auf den Teller, und schaute Marianne an.

Vielleicht das erste Mal wirklich. Er sah eine Frau im mittleren Alter und sie wirkte unsicher und verloren. Er wunderte sich über seine Gedanken, in dem Moment als er sie dachte. Immer war er bemüht gewesen die Fassade zu erhalten, Stärke zu zeigen und bloß niemals einen Schwachpunkt

zuzulassen. Er schaute seinen Sohn an, der sich angeregt mit Thomas unterhielt, und Peter fragte sich in diesem Moment wie das Leben seines Sohnes sich wohl entwickeln würde.

Thomas. Sein Bruder Thomas. Peter wusste, dass dieser Mann, der hier am Tisch mit ihnen saß, so gut wie nichts gemein hatte mit dem Thomas mit dem er aufgewachsen war. Er erinnerte sich an viele Momente wo dieser Bruder mit verschlossenem Gesicht am Tisch saß wenn die Familie zum Essen zusammen kam. Das Gespräch führte immer Johann und alle anderen durften ihren Beitrag dazugeben, doch es ging immer in die Richtung, dass man die Meinung des Vaters unterstützte. Egal wie man das Gesprochene auch empfand. Peter sah vor seinem inneren Auge viele Bilder, die dies zeigten. Johann schien als einziger in dieser Familie lebendig seine Meinung zu sagen. Alle anderen waren Statisten, die ihn unterstützen sollten in seiner Präsentation als Familienoberhaupt. Peter sah diese Bilder, aber heute ging der Fokus weg vom Gesicht des Vaters. Er konnte den Ausdruck des Gesichts seiner Mutter sehen. Und das seiner Schwester Frieda, das seiner Brüder Thomas und Klaus. Und er fror in diesem Moment. Denn es war als würde er das erste Mal wahrnehmen wie einsam diese Gemeinschaft an diesem Tisch saß. Nur einer lachte. Und das war der Vater. Er hatte sehr

wohl mitbekommen wie Johann seine Frau geschlagen hatte. Und auch, dass er seine Schwester
komisch berührte. Und er schaute sich in der Erinnerung die Szene an die er einmal beobachtete.
Wie der Vater abends beim Fernsehen zu Frieda
sagte, sie solle sich zu ihm auf die Couch setzen.
Und Frieda sagte, sie möchte lieber auf dem Sessel
sitzen. Und Johann dies nicht duldete. Er wollte,
dass sie neben ihm sitzen sollte. Peter hatte gesehen wie Johann seine Hand auf das Bein seiner
Schwester legte und streichelte und dabei mit der
Hand immer weiter Richtung Schritt wanderte.
Peter sah heute erstmals in das Gesicht seiner
Schwester. Er legte den Fokus der Erinnerung nur
auf sie. Und was er sah, löste jetzt ein schmerzli-
ches Gefühl aus. Frieda saß da wie versteinert. Ihre
Augen blickten in die Ferne und sie ertrug still das,
was der Vater tat. Doch Peter spürte heute erstmals nach so vielen Jahren wie sehr dieser Moment
seine Schwester belastet haben musste. Er erinnerte sich, dass er an diesem Abend schräg gegenüber
in einem Sessel saß und dass er immer wieder vom
Fernseher weg auf das Sofa geschaut hatte und
was da vor sich ging. Und dass er sich dabei unan-
genehm berührt fühlte. Er hatte damals schon das
Wissen in sich, dass das, was sein Vater da machte,
nicht gut ist, aber er wusste nichts dagegen zu tun.
Und so wählte er dann immer den Weg dass er
nach einer Weile aufstand und ins Bett ging.

Wenn er jetzt an seine Mutter dachte, die in solchen Situationen am Esstisch saß und nähte, da empfand er Abneigung und Ablehnung für sie. Seine Mutter war schwach gewesen. Immer. Sie kam ihm zeitlebens vor wie eine Marionette. Frauen, so erschien es ihm in seiner Kindheit, waren schwach und ohne Rückgrat. Sie waren da um sich ums Haus zu kümmern und die Familie zu versorgen, aber mehr auch nicht. Niemals war ihm aufgefallen, dass die Frauen in seiner Familie Gefühle hatten und vielleicht eine ganz andere Meinung vertraten als das was der Vater vorgegeben hatte. Dass seine Mutter heimlich trank, das hatte er sehr wohl auch bemerkt. Aber er stellte sich früh auf die Seite seines Vaters und als dieser sie in eine Klinik einwies war das für ihn nicht schlimm gewesen. Er war gern bei der Großmutter gewesen und so kam er gut damit zurecht, dass sie nach Ernas Einweisung für die Kinder sorgte. Und der Selbstmord seiner Schwester. Das war für ihn eine Situation mit der er auch heute nicht viel anzufangen wusste. Wenn er jetzt an diesen Moment zurück dachte als gesagt wurde, Frieda sei tot, da erinnerte er sich kaum an ein Gefühl oder an eine Reaktion von sich selbst. Irgendwie liegt das alles in einem Nebel – dachte er und schaute sich das Geschehen an diesem heutigen Abendessen noch einmal an. Er legte seine Gabel auf den Tisch und

sagte zu Marianne: »Marianne. Ich weiß nicht so richtig wie ich es sagen soll. Aber es scheint als habe ich viele Fehler gemacht«.

Marianne schaute Peter an. Und ihr Blick war mehr als irritiert. Solche Worte von ihrem Mann waren ihr mehr als fremd. Sie hatten nie ein sehr herzliches Verhältnis, aber sie ertrug das weil sie Peter sehr liebte und immer das Gefühl hatte, lieber nehme ich ein bisschen als gar nichts. Und sie hatte ja von Anfang an gespürt, dass Peter mit Gefühlen nicht gut umgehen konnte. Dass sie ihn geheiratet hatte und 2 Kinder mit ihm bekam und nun so viele Jahre mit ihm lebte - sie hatte immer den Gedanken - das wird schon noch. Ich lieb ihn, den Peter, und er sorgt gut für uns. Ich komm damit schon zurecht, dass er mich nie fragt, wie es mir geht. – Doch als sie heute Mittag ihre Tochter sah, da brach in ihr ein Kartenhaus zusammen. Sie spürte, wie sehr sie versagt hatte. Dass sie von ihrer Tochter das Gleiche erwartet hatte wie sie selbst mit dem Leben umging. Dass sie hinnehmen sollte – das was geschieht. Und nicht rebellieren oder sich selbst dadurch aufzugeben. Der Selbstmordversuch von Michaela öffnete ihr die Augen. Und sie erkannte, dass ihre Tochter nicht in der Lage war – alles hinzunehmen. Und das zu Recht .

Dass es nicht sein konnte, dass Lieblosigkeit im Leben vorherrschen musste. Sie fühlte sich in diesem Moment so sehr als Versager, dass sie nicht mehr anders konnte als dem Arzt als er sie fragte wie es ihr ginge, zu erzählen, dass sie nicht mehr weiter wusste. Dass sie ihre Tochter nicht gut genug beschützt habe und ihr nicht beigestanden war bei den Problemen, die sie ja offensichtlich hatte. Der Arzt hörte ihr aufmerksam zu und legte ihr nahe eine Gesprächstherapie zu machen bei dieser Ärztin. Denn es konnte für sie nur gut sein mit jemandem zu reden. Und er glaube fest daran dass sie durch die Hilfe der Therapie ihr Leben positiv verändern könnte. Dass es für ihre Familie und für sie selbst ein besseres Miteinander geben könnte. Und dass auch Peter davon profitieren würde, wenn er spüren lernte wie sie sich dann verändert und es allen damit besser gehen würde.

Jetzt als Peter das zu ihr sagte, war sie für einen Moment fast erschrocken, denn noch nie hatte sie solche Worte von ihm gehört. Ein kleines Lächeln kam in ihr Gesicht und sie legte Peter ihre Hand auf seine.
»Ich glaube dass auch ich Fehler gemacht habe, Peter. Und ich hoffe es ist nicht zu spät um diese wieder gut zu machen. Ich werde zu einer Ärztin gehen. Weil ich glaube, ich brauche jemanden mit

dem ich reden kann. Und vielleicht hilft es mir dabei, Michaela besser zu verstehen«.

Thomas erlebte dieses Reden von Peter und Marianne als einen ersten Erfolg. Er spürte, dass beide anfingen zu denken. Das beide zwar nicht so richtig wussten - wie –, aber dennoch bereit waren, wirklich mit dem andern zu sprechen. Und diesem auch zuzuhören, bei dem was der eine sagte. Er saß da und beobachtete die Auren der beiden. Und er sah, dass zwischen Peter und Marianne ein Austausch stattfand. Die Farben waren im Abgeben sehr klar, und zwar war bei beiden, die äußere Hülle von einem sehr dunklem Blau, doch Thomas konnte sehen, dass die Kommunikation begonnen hatte und es nur eine Frage der Zeit war bis neue Erfahrungen im Miteinander dieses Blau aufhellen würden. Marianne würde handeln. Das spürte er. Sie würde sich dem stellen und ihre Veränderung zum - Für sich Guten - einleiten. Und Peter war nicht weit entfernt davon. Es brauchte nicht mehr viel und er konnte Peter auf den für ihn rechten Weg bringen. Und er wusste, dass Peter schon bald die Erfahrung machen würde wie schön es ist wenn Liebe in ein Leben einzieht. Für Michaela sah er genau wie für Marc den Weg, dass sie ein anderes Miteinander mit ihren Eltern leben würden. Und dass für beide die Chance auf ein gutes Erwachsenwerden gegeben sein würde. Denn

Kinder stellen sich sehr schnell auf Neues ein und nehmen dies an, vor allem wenn es etwas Gutes ist. Michaela hatte für alle die Reißleine gezogen durch ihr Tun. Und für alle bestand nun die Chance sich zu finden. Jeder für sich, aber auch gemeinsam.

Nach dem Essen gingen Peter und Marianne nach draußen. Sie saßen mehrere Stunden im Garten und sprachen miteinander. Anfangs war es sehr schwierig für beide, doch Marianne ging einen guten Weg. Sie fragte zunächst ausschließlich nach Peters Empfinden. Und zeigte ihm dass sie ihm zuhören konnte. Und Peter begann zu erzählen. Wie schwer es für ihn sei, immer der Starke zu sein. Und dass er dachte, dass das einfach so sei. Dass der Mann alles mit sich alleine ausmacht. Marianne zeigte ihm, dass es helfen kann wenn er mit ihr redet, dadurch können für ihn manche Dinge leichter werden. Und dass er vielleicht manchmal auf eine neue Idee oder Sichtweise kommen könnte wenn er sich ihr mitteile und sie ihre Sicht der Dinge mit einbringt. Je mehr sie sprachen, desto mehr öffnete Peter sich. Und umso näher kamen sie sich. Sie redeten auch über Marianne. Und über Michaela. Peter konnte seinen Schmerz, der im Moment des Sehens sich sofort in Erstarrung verwandelt hatte, lösen und raus lassen.

Er begann zu weinen. Denn auch wenn er nie viel mit Michaela gemacht hatte und alles Marianne überließ, so hatte er doch Gefühle für sie, denn es war seine Tochter. Und er wollte nicht, dass es ihr so schlecht ging. Marianne tröstete ihren Mann und spürte große Liebe in sich. Und sie wusste, dass sie nicht viel Hilfe brauchen würde von außen, denn sie spürte dass ihre Familie schon auf dem Weg war, sich selbst zu helfen. Als sie spät in der Nacht ins Haus kamen, schlief Marc schon in seinem Zimmer und Thomas hatte sich im Wohnzimmer aufs Sofa gelegt. Gemeinsam gingen Peter und Marianne schlafen, und sie lagen Hand in Hand die ganze Nacht.

Am nächsten Tag wurde Thomas geweckt als Marc runter kam um sich Frühstück zu machen. Er musste um 8.00 Uhr in der Schule sein. Thomas stand auf und frühstückte mit ihm, dann begleitete er ihn zur Schule. Mittags wollten sie gemeinsam wieder ins Krankenhaus fahren um nach Michaela zu sehen.

Marianne kam gegen 10.30 Uhr aus ihrem Schlafzimmer. Peter schlief noch. Er hatte frühmorgens um 6.00 Uhr in der Kaserne angerufen und sich beurlauben lassen für die nächsten Tage. Als Marianne runter kam, saß Thomas im Garten und betrachtete die Pflanzen. Er hatte schon gleich im

ersten Moment gesehen, dass dies ein guter Garten war. Er wurde von dem, der ihn pflegte gut und sorgsam versorgt. Die Pflanzen gediehen und hatten gute Auren. Thomas saß da und genoss das Aufnehmen der Energie was die Pflanzen ihm spendeten. Sie setzte sich mit einer Tasse Kaffee neben ihn und sagte:

»Ich möchte Dir danken Thomas. Für alles. Ich weiß nicht, was Du zu Peter gesagt hast, aber er ist ein Anderer. Niemals zuvor bin ich ihm so nahe gewesen wie gestern Abend. Ich glaube wir werden unsere Probleme lösen. Alle, die es gibt«.

Dann kniete sie nieder vor Thomas und nahm ihn in den Arm: »Danke«, sagte sie und drückte ihn. Thomas erwiderte die Umarmung und gab all die Liebe und Hoffnung und den Glauben an das Leben an seine Schwägerin weiter. Dann sagte er zu ihr:

»Marianne glaube an das Gute, glaube an Dich und die Deinen. Geht in Liebe miteinander um und zeigt Verständnis wenn sich einmal einer von euch schwer tut. Wir alle sind Kinder unseres Schöpfers und wir alle leben auf dieser Welt um uns zu entwickeln. Bei manchen geht es schneller und manche brauchen ihr ganzes Leben um bestimmtes zu lernen, was ihnen fehlt. Vertraue auf Deine innere Stimme und handle danach. Sie wird Dir immer den richtigen Weg zeigen. Ihr werdet euren Weg finden, auch mit eurer Tochter. Nehmt

sie in Liebe an und gebt ihr das Gefühl, dass sie es wert ist auf dieser Welt zu sein. Ich spüre es in meinem Herzen, ihr werdet euch finden«.

Thomas stand auf und fügte hinzu: »Ich werde mich heute wieder auf den Weg nach Hause machen. Mein Garten braucht mich. Ich freue mich von Herzen wenn ihr eines Tages kommt um Gast zu sein in unserem Haus«.

Marianne schaute Thomas erschrocken an: »Wie? Du willst jetzt schon gehen? Aber…..«

»Marianne, es ist in Ordnung wenn ich jetzt gehe. Ihr braucht mich nicht mehr. Ich war da in dem Moment als es notwendig war, aber jetzt kann ich euch wieder verlassen. Ihr werdet es schaffen. Denn ihr habt die ersten Schritte getan. Für alles was folgt, braucht ihr mich nicht. Ihr werdet euch selbst genug sein«.

Er drehte sich weg und ging Richtung Straße. Dann drehte er sich noch einmal um und sagte: »Grüße mir Peter und sage ihm, dass Johann ihn liebt. Er hat ihn immer geliebt«.

Marianne stand da und sagte: »Wie? Wie kommst Du jetzt auf Johann«?

Thomas schaute Marianne lange an, dann antwortete er: »Johann hat mich geschickt. Um euch aus dieser Lage zu befreien. Ich wünsche euch ein schönes Leben fortan«.

Dann ging Thomas die Straße hinunter, checkte aus dem Hotel aus und fuhr zurück zum Flughafen. In 3 Stunden würde es einen Flug geben, und er buchte ihn, ohne weiter zu überlegen. Er wollte nach Hause, dahin wo er seit langer Zeit sein wollte. Doch spürte er ein großes Glück in sich für seinen Bruder. Denn er wusste, dass Peter seinen Weg finden würde. Und mit ihm all die Seinen.

Erna und die verlorene Seele

Als Erna ihre Augen öffnete lag sie in einem Zimmer. Trüb fiel das Tageslicht durch das große Fenster. Draußen regnete es. Sie setzte sich auf und schaute sich um. Sie lag in einem weißen Bett, gegenüber dem Bett stand ein Schrank. Am Fenster waren ein Tisch und 2 Stühle. Und rechts davon ein Sessel. Und vor dem Fenster waren Gitter. Erna stand auf. Dabei merkte sie, dass sie an eine Infusion oder ähnliches angeschlossen war, denn aus ihrem Arm kam ein Schlauch, der mit einer Flasche verbunden war, die an einem Ständer hing, der vor diesem Bett stand. Sie hatte Nebel im Kopf, furchtbare Kopfschmerzen und ihr Magen rebellierte. Aber sie musste auf die Toilette. Sie nahm den Infusionsständer und ging damit zur Tür und öffnete sie. Es kam ihr gleißendes Licht entgegen, was ihre Kopfschmerzen sofort noch verstärkte. Dumpf knallte ihr Gehirn bei jeder Bewegung von einer Kopfseite zur anderen. Während sie so da stand und überlegte wo jetzt die Toilette wohl sei, kam eine Frau in weißen Kleidern auf sie zu und sagte: »Erna, was machen Sie denn hier draußen? Sie sollen doch liegen bleiben! Gehen Sie wieder ins Bett«!

»Toilette«, sagte Erna und schaute sich suchend um.

»Die Toilette haben sie im Zimmer, Erna. Kommen Sie, ich zeig es Ihnen«.

Die Schwester nahm leicht ihren Arm und führte sie zurück ins Zimmer. Sie zeigte ihr die Tür, die neben dem Schrank in diesem Zimmer war. Doch hatte Erna diese Tür vorher nicht gesehen. Erna ging auf die Toilette und nachdem sie wieder raus kam, sagte die Frau: »Und jetzt legen Sie sich wieder hin und schlafen. Das wird Ihnen gut tun«.

Erna tat was die Frau gesagt hatte. Sie legte sich wieder hin und es dauerte nicht lange und sie schlief ein.

Johann hatte Erna, nachdem der Tod von Frieda bekannt wurde und sie danach über lange Zeit nicht mehr das Bett verlassen wollte, in eine Klinik eingewiesen. Erna wollte nicht mehr denken. Und nichts mehr tun. Sie wollte nur noch schlafen. Seit vielen Jahren schon nahm sie Schlaf und Beruhigungstabletten. Und zudem trank sie mittlerweile regelmäßig Cognac. Für Johann war dies alles nicht mehr tragbar gewesen. Er wollte dass sie weg sei, denn er wusste nicht, was tun.

Als Erna das nächste Mal die Augen öffnete, war sie immer noch in diesem Zimmer. Doch von draußen kam viel helles Licht herein. Sie schaute

an die Zimmerdecke und beobachtete die Lichtspiele, die das Sonnenlicht an der Decke zeichnete.

Sie wusste nicht, warum sie jetzt hier war oder wo sie eigentlich vorher war. Es war ihr egal.

Es dauerte nicht lange, da wurde die Tür geöffnet. Die Frau von vorher kam herein. Sie hatte ein Tablett mit Essen dabei. Sie schaute Erna an und sagte: »So Erna, jetzt wollen wir mal etwas essen. und was trinken. Setzen Sie sich mal auf im Bett«.

Erna hörte zwar was die Frau sagte, aber sie schaute weiter an die Decke und beobachtete das Licht wie es tanzte. Die Frau stellte das Tablett ans Bett und fuhr die Matratze ein Stück nach oben. Erna ärgerte sich, dass sie plötzlich nicht mehr die Decke sehen konnte, sondern nun ins Zimmer schaute.

Die Frau stellte das Tablett vor sie hin. Und ging aus dem Zimmer. Erna sah das Essen vor sich und ein Glas mit Wasser. Dann schaute sie an die Wand gegenüber von dem Bett. Sie suchte das Licht was sie vorher an der Decke gesehen hatte. Doch an der Wand war nichts. Sie streckte den

Kopf zurück und schaute wieder an die Decke. Und da war es wieder. Kleine Spiralen aus Licht tanzten da herum. Das machte sie froh. Irgendwann später kam die Schwester zurück. Nachdem sie sah, dass Erna weder gegessen noch getrunken hatte, sondern nur nach oben an die Decke schaute, nahm sie das Tablett und stellte es weg. Dann fuhr sie die Matratze wieder zurück in die Horizontale und ging mit dem Tablett aus dem Zimmer.

Nach einiger Zeit kam die Schwester zurück. Und mit ihr ein Arzt. Erna lag noch immer da und beobachtete die Decke. Der Arzt sprach sie an, aber Erna reagierte nicht. Viel zu sehr war sie mit dem Licht beschäftigt das über ihrem Kopf tanzte. Der Arzt untersuchte sie und sagte zu der Schwester, dass sie eine Infusion bereit machen sollte. Es war offensichtlich, dass Erna zwar wach und zu einem gewissen Grad auch geistig hier war, aber nicht wirklich ansprechbar. Die Schwester ging hinaus und kam nach kurzer Zeit mit einem Infusionsständer wieder. Dr. Reimann, so war der Name des Arztes, hatte in der Zeit, bis die Schwester kam; versucht mit Erna zu sprechen. Doch Erna antwortete ihm nicht, noch sah sie ihn an. Sie beobachtete die Decke über ihr, mehr tat sie nicht.

Der Arzt legte eine neue Infusion mit Beruhigungsmitteln und ging aus dem Zimmer. Er sagte zu der Schwester: »Wenn sie bis heute Abend nichts trinkt, müssen wir ihr Flüssigkeit zuführen«.

Erna war weggegangen. In dem Moment als Frieda nicht mehr da war, war auch sie gegangen.

Ihr Herz hatte innerlich aufgehört zu schlagen. Und ihr Kopf sagte, du bist jetzt nicht mehr da. Und sie vergaß alles was ihr Leben war. Sie wusste nichts mehr von Johann oder von ihren Kindern. Sie wusste nichts mehr von ihrem Leben überhaupt. Noch, dass sie Erna war. Erst als diese Frau sie mit diesem Namen ansprach hörte sie ihn überhaupt das erste Mal.

Für Erna gab es nichts, außer dem Moment. Und es gab auch kein Denken in ihr außer für den Moment, der gerade passierte. Und das was passierte war das Licht was an der Decke tanzte. Mehr nicht. Sie spürte, dass die Flüssigkeit die in sie hinein tropfte, sie müde machte. Sie schloss irgendwann ihre Augen und fiel in einen traumlosen Schlaf. Und sie würde nie wieder einen Traum haben. Doch konnte sie das gar nicht belasten, da es in ihrem neuen Sein so etwas gar nicht gab. Träume. Das würde Erinnerungen an etwas voraussetzen. Und die hatte sie nicht mehr. Keine

Erinnerungen, keine Belastungen. Nur noch das Jetzt. Nur noch der Moment. Und selbst das würde keine Erinnerungen wecken, vielleicht am nächsten Tag. Ihr Gehirn speicherte nicht mehr. Es reagierte nur noch im Jetzt. Sie konnte hören und sehen und auch sich bewegen, und sie spürte, dass sie auf die Toilette musste, aber sonst war da nicht mehr viel.

Laut Untersuchung der Ärzte war körperlich alles intakt. Doch hatte sich Erna entschlossen innerlich – aufzuhören – mit dem Leben. Und niemand konnte daran etwas ändern.

Sie wurde soweit gebracht, dass sie aß und trank wenn man es ihr sagte, doch musste man dabei sitzen und sie füttern. Von alleine machte sie gar nichts mehr. Laufen wollte sie nicht. So setzte man sie in den Rollstuhl und stellte sie an die frische Luft. Alle 2 Tage fuhr ein Pfleger oder Pflegerin mit ihr runter in den Klinikgarten. Dort stellte man sie im Rollstuhl an den See. Und da stand sie dann. Einmal stellte sie eine Pflegerin dort ab um sie in einer halben Stunde wieder abzuholen. Doch die Pflegerin wurde aufgehalten durch einen Notfall, der in die Klinik eingewiesen wurde. Es vergingen mehr als 3 Stunden, zwischendurch regnete es und Erna saß in ihrem Rollstuhl am See

und regte sich nicht. Sie schaute auf das Wasser. Mehr tat sie nicht. Der Regen lief an ihr herab, aber sie spürte es nicht. Irgendwann sah ein Pfleger durchs Fenster, dass da unten am See ein Rollstuhl stand.

Er lief hin und fand Erna. Er brachte sie zurück in ihr Zimmer und stellte sie unter die Dusche und brachte sie ins Bett. Nie mehr, schien es, würde diese Frau geistig zurückkommen. Die Angehörigen, die benachrichtigt wurden über ihren Zustand, reagierten verhalten. Keiner war zu einem Besuch zu bewegen. Keiner fühlte sich verantwortlich. So blieb sie viele Jahre in diesem Zustand, allein und nur versorgt durch das Klinikpersonal. Ihr Mann Johann bezahlte regelmäßig die Zusatzkosten für die Unterbringung zur Versicherung dazu, und als er selbst verstarb, übernahm dies eine Versicherung, die er hierfür abgeschlossen hatte. Er selbst hatte nie einen Fuß in diese Klinik gesetzt.

Irgendwann an einem Samstagnachmittag öffnete sich die Tür von Ernas Zimmer und Peter kam mit Marianne und den Kindern Michaela und Marc, um Erna zu besuchen.

Erna lag in ihrem Bett und schaute an die Decke und beobachtete wieder einmal das Lichtspiel der

Sonne. Peter und seine Familie standen vor dem Bett und sprachen Erna an. Sie erzählten viel Schönes. Versuchten zu erreichen, dass Erna ihre Aufmerksamkeit auf sie lenkte. Peter legte seine Hand auf ihren Arm und streichelte ihn. Doch Erna wollte, oder konnte sie nicht sehen. Nicht reagieren. Es gab für sie nichts als das Licht das über ihrem Kopf tanzte.

Irgendwann gingen Peter und seine Familie wieder aus dem Zimmer. Er sprach lange mit dem Arzt, doch der Arzt machte Peter keine Hoffnungen. Er sagte ihm wenn ein Mensch innerlich aufgibt, dann kann eigentlich nur noch ein Wunder geschehen, dass er sich entscheidet wieder ins Leben zurück zu kommen. Und dieses Wunder ist bisher nicht geschehen. Peter spürte eine große Traurigkeit in sich. Und er führte ein langes Telefonat mit seinem Bruder Thomas. Und er bat ihn zu kommen um seiner Mutter zu helfen. Doch Thomas erklärte ihm, dass manchmal eine Entscheidung, die ein Mensch trifft, auch wenn es niemand um ihn herum verstehen kann, respektiert werden muss. Und er glaube, dass Erna keinen anderen Weg gehen kann, als diesen, den sie gewählt habe. Er erklärte seinem Bruder, dass für Erna das Abschied nehmen von der Welt schon geschehen sei. Und dass sie die Zeit, die sie noch

hier sein werde, in diesem Zustand verbringen würde. Und dass dies für sie der richtige Weg sei.

Er sagte zu Peter, dass er glaube, dass Erna da, wo sie sich innerlich befinde, gut aufgehoben ist. Denn auch dort ist sie getragen von der Liebe unseres Schöpfers.

Peter brauchte lange Zeit um das was Thomas ihm gesagt hatte zu verstehen.

An einem Montagmorgen um 7.40 Uhr verstarb Erna. Sie war nicht mehr aufgewacht und ihr Herz hörte auf zu schlagen.

Sie wurde verbrannt was seit je her ihr Wunsch war, würde sie einmal sterben und 2 Tage später beerdigt. Ihre Familie war soweit noch am Leben, vollständig anwesend. Und auf dem Grabstein wurden folgende Zeilen eingraviert.

Für Erna
Die die uns geboren hat
Und uns umsorgte
So gut sie es vermochte
Wir senden Dir unseren Frieden
Mit auf Deinem Weg in die Ewigkeit
Deine Kinder

Als Erna zu sich kam, saß sie an einem Strand. Sie hörte Hundegebell. Sie stand auf und sah sich um. Ein Stück weiter oben sah sie ein kleines Haus und vor diesem Haus unter einem Baum stand ein Sofa. Auf diesem Sofa saß eine Frau und vor ihr stand der Hund und bellte die Frau an. Erna ging langsam in die Richtung auf das Haus zu. Sie sah wie die Frau einen Stock oder ähnliches durch die Luft warf und der Hund wie der Blitz dem Stock hinterher jagte. Als Erna näher kam sah sie wer diese Frau war:

Frieda

ENDE

Danksagung

Inspiriert durch das Leben, transportiert durch die Intuition, begann Johann zu leben.

Mein Dank geht an meine Familie und besonders an meinen Sohn, dessen Intuition mir die richtigen Impulse zur richtigen Zeit vermittelte. Viele Menschen, denen ich begegnete, von deren Geschichten ich hörte, flossen ein in die Geschichte über Johann. Auch gilt mein Dank einer Freundin, die mich tatkräftig als Lektorin unterstützte und damit die Veröffentlichung mit ermöglichte.

Diana Mandel

Autorin

Diana Mandel, geboren 1968 in Marktheidenfeld, lebt und arbeitet bei Freiburg im Breisgau.
Dort hat sie ein Kunststudium/Malerei absolviert (Abschluss 2002).
Das Schreiben begleitet sie, genau wie das Malen, schon fast ihr ganzes Leben.
Gedichte, Texte, Kurzgeschichten - und nun dieser erste Roman.

Sie ist tätig als mobile Friseurmeisterin und freischaffende Künstlerin.

Bilder – Umschlag: Diana Mandel
Vorderseite - Kapitel 1: Johann beginnt
Rückseite - Kapitel 13: Johann sieht sich selbst

Zeitfracht Medien GmbH
Ferdinand-Jühlke-Straße 7
99095 Erfurt, Deutschland
produktsicherheit@kolibri360.de